アンネ・フランクの奇跡

橋本　喜代次

東京図書出版

アンネ・フランクの奇跡

遠くで鐘の音がする。教会の鐘だ。

やがて音は大きくなる。どんどん大きくなる。心がぐりぐりかき回される。

あたりは薄暗くて、すべてがぼやけて、不自然な空間。

がらんとした廊下の奥に本棚が見える。外国語なので何の本かはわからない。その本棚を囲むように数人の男たちが近づいていく。

軍服の男を中心に、私服の男たちが五、六人。手に手に銃を持ち、そっと近づく。

一人の男が本棚の前に立つ。男たちの押し殺した声。何を言ってるかわからないが……。

男性は静かに本棚を動かす。すると、その向こうに隠しドアが現れる。

数人の男が、勢いよくドアに体当たりする。

ドアがバッと開けられ、男たちが一斉になだれこむ。銃を構え激しく罵りながら。

青白いうす明りの中に浮かぶ八人の住人たち。

読書する者。ソファーに眠る者。食事の準備をする者……。みんな、何が起きたのか一瞬理解できず、膠着したように動かない。

隅に置かれた勉強机の前に、凍りついた表情でこちらを凝視している少女がいる。人懐っこい目の少女。彼女こそ、アンネ・フランク……。

そして、アンネの前に、もう一人の少女が立っている。

銃口の前に震えながら立っている少女。それは……私だ！

でも、なぜ……。

遥香は、自分がなぜそこにいるのかわからない。

頭がガンガン殴られるような音がして、遥香はベッドの上で目覚めた。

「遥香、遥香……」

お母さんが、どんどんドアをたたいている。大声で呼びながら。

ああ、ここは私の部屋。するとあれは……。夢だったんだ。遥香は一瞬ぼんやりした頭で考える。

ドアを開けると、いらだちの頂点に達した目が、遥香の体にすごい勢いでぶつかってくる。

「鍵はかけないでって言ってるでしょ」

「ごめんなさい……」

遥香はいつものように、お母さんの目は見ない。

「やっぱり気分悪い？　今日も休む？」

「うん、お腹が痛くて……」

「お医者さんは、どこも悪くないっておっしゃってるのにねえ……」

ずっと、毎朝同じやり取りが続いている。お母さんは、それ以上は追及しない。お仕事もあるし、とても忙しいのだ。お母さんは大きい保険会社のキャリア・ウーマン？らしい。

「もう六か月よ。ちょっとぐらい悪くたって、学校に行けば治っちゃうから。病は気からって言うでしょ。ね、遥香……」

このセリフも、何回も繰り返されている。

ほんと言うと、朝の腹痛はだいぶ前からほとんど無くなった。今はその時間になると、無性に眠くなる。起きられない。

あの腹痛よりはいい、と遥香は思う。

あの痛み。下腹がキリキリ痛む、うめき声が出る。吐き気もした。助けて！　そんな時間が永遠に続くみたいに。

今は、あの恐怖は薄らいでいる。でも、このことは、お母さんには内緒。そんなこと言ったら……。


初めのころ、お母さんは遥香をいろいろな内科の病院に連れていった。どこへ行っても「特に悪いところはありませんねえ」と言われた。

お母さんは、遥香が怠けてるとは思わなかったようだ。

いろいろな人に電話で聞き、いろいろな所へ相談に出かけていった。そのたびに、確実に溜息が多くなった。

しばらくして、『空の家』という変な名前の、病院だか何だかよくわからないところに行った。

この時は、お母さんの車で遥香も一緒に行った。

知ってる人に会わないからとか、すぐにすむからと言われ、いやだったけど遥香は我慢した。自分もよくなりたかったから。

ソファーのあるさっぱりした部屋。小さな花がそっと置かれていて、そこはとにかく病室という感じじゃなかった。

そこの男の先生は、やさしそうな感じがした。

先生は、お母さんの話をじっと聞くだけで何もしなかった。

時々遥香に短く質問する。遥香はうつむいてうなずくだけ。早く終わってほしかった。

そしてずいぶん経ってから、遥香にたった一言「毎日痛みが無くなるのは何時ごろ？」と聞いた。

「だいたい午前中の十時ごろ」と答えると、先生はうなずき、遥香に待合室で待ってるよう告げた。先生の声は不思議なほどやさしかった。

帰りに、お母さんから病名を聞いた。

お母さんは内緒ごとや黙っていることの嫌いな性格だ。先生が告げた病名は『登校拒否』。

「学校の生活に強いストレスがあるようですね」「しばらく無理に登校させようとしないで待つのがいいと思います」

帰り道、お母さんはものすごく不機嫌だった。

そして、遥香を問い詰めた。

「登校拒否……、不登校……、なんで、あなたがそうなの？」「学校で何があったの？」

「遥香はいじめられているの？」「どうしてお母さんに話さなかったの？」

お母さんは納得しない。機関銃みたいに質問する。お母さんはものごとをはっきりしないのが大嫌いなのだ。

「別に……」

答えたくなかった。いや、答えられない。だって……。

それから、しばらくお母さんと遥香の戦いが続いた。

遥香がはっきりしないので、お母さんは学校に行った。いじめられていたにちがいないと先生を詰問したらしい。友達にも片っ端から聞いた……と思う、たぶん。

お母さんならそうしたと思う。お母さんはすごい行動派だから。でも、ラチが明かなかったらしく、お母さんはますますイライラした。

遥香を引きずって学校に連れて行こうとしたことも何回かあった。遥香も頭では行かなきゃと思う……。けど苦しかった。お腹が痛かった。

ある時、遥香がひどく吐いてしまったのをきっかけに、お母さんは無理に学校に行かせるのをやめた。

その後は、互いに休戦状態。

遥香は自分とも休戦することにした。だって仕方ない……。ほんとうに、何が原因なのか、自分にだってわからない。考えると苦しくなった。遥香はもうずっと考えるのをやめている。

その後、しばらくして午前中のひどい腹痛はなくなった。その代わり、どうしようもない眠気に襲われるようになった。


「お昼ちゃんと食べるのよ。前より痩せてきたじゃない」

お母さんは忙しくても、きちんとお昼を作ってくれる。いつもキッチンのテーブルに置いてある。だれもいないと、そこで食べることもあるけど、たいていは部屋に持ってきて食べる。そのほうが落ち着く。

最近はそれでも食べられないことが多くなった。のどに入っていかないのだ。

「きのうも食べてなかったでしょ。だめよ。食事だけはちゃんと食べなきゃ。……あら、なに読んでる？」

ベッドに置いてある本を見つけられた。

「何でもない……」

「隠さなくてもいいでしょ」

「何でもないよ」

お尻の後ろに本を隠した。

「変な子……」

その時、お母さんのケータイが鳴った。

お母さんは部屋の外に出て、しばらく何か話していた。そして、ちょっと深刻な表情でもどってきた。お仕事でトラブルでもあったのかな。最近よくこんなことがある。

「じゃあ、お母さんお仕事に行くからね。お昼食べるのよ。遥香、ぜったいよ」

と言って出て行った。と思ったら、小走りで戻ってきて、

「昨日の夕方、いずみちゃんに会ったよ。絵画教室に行くところだって。あの子、がんばってるねえ。遥香ちゃんどうしてますかって。心配してたよ」

叫ぶように言い、遥香の反応も見ないでお母さんは大急ぎで行ってしまった。

「うそ……」

嬉しそうに絵を描くいずみの顔が浮かんだ。

いずみは隣の学校の子。小学校高学年から水彩画の絵画教室で一緒になった。

変な絵を描く子。

構図も色使いも滅茶苦茶。先生に何度注意されても、平気で同じような絵を描いてくる。

それも楽しそうに。

一度いずみの絵を見た。真っ黒い川が生き物のようにのたうってる。恐い絵、と遥香は思った。なぜか、ざわざわした不安を覚えた。

いずみは遥香と話したそうにしたけど、遥香は近づきたくなかった。だから、いずみも話しかけてこなくなった。

いずみのことを思い出してると、また下腹がキュッと痛くなった。

自分だけ取り残されているような、蟻地獄の穴に落ちていくような不安……。

部屋の鍵をかけて、ベッドに寝転んだ。

最近はベッドで過ごすことが多い。それがいちばん落ち着くのだ。

また、あの本を手に取って、ぱらぱらページをめくった。

それにしても汚い本、と遥香は思う。

三日前のこと。遥香はリビングでお昼を食べた。

ちょっと頭痛がするので、テーブルにある錠剤を飲もうとした。いつも飲む薬。

錠剤を手のひらに出そうとして失敗した。錠剤は、数粒床に落ちて乾いた音を立てた。

そのうちの一粒がリビング用の本棚の下まで転がった。

遥香はしゃがんで錠剤を拾ったが、その時、本棚の一番下の隅に一冊の本を見つけた。

見慣れない本。遥香はその本を引き抜いて、手に取ってみた。

それは、すごく意外なこと……。

遥香はずっと本に触れていない。本に強い拒否感がある。

読書は全くやめてしまった。というより避けている。前はあんなに読んだのに……。

読もうとすると、頭が痛くなる。吐き気を覚える。

感想文をどう書くか……なんてことが、頭の中にぐるぐる浮かんでしまう。そんなことと関係なく読めばいい、と思う。でもそれができない。

遥香は本を遠ざけることにした。

遥香の部屋の本棚を、使ってないカーテンで隠した。それで、ホッとした。

お母さんはそれについては何も言わない。しばらくは静観することに決めてるのかな……？

リビング用の本棚は、大人の読む本ばかり。

手紙の書き方、冠婚葬祭、簡単でおいしい料理の作り方、上手な家計のやり繰り、家庭の医学、日本の経済や法律の本。もともと遥香に興味のない本ばかり。

そして、真ん中は保険関係の本がずらり。

お母さんは保険会社に勤めている。勤めながら必死に勉強している。いろんな資格を取ったらしい。お母さんの努力の跡がこのコーナーだ。

前はここを見て、遥香はちょっと誇らしい気がした。

でも、今は苦痛……。だから、この本棚にも近づかないようにしていた。

その本棚下の一番目立たないところ。まるで隠れるように、この汚い本はあった……。

『アンネの日記』。


気まぐれな好奇心から、自分の部屋にそっと持ってきた。

なぜかわからない。とにかく、この本が気になった。

こんな本、無くなってもお母さんは気づきもしないだろう。そう思うと、遥香は自分だけの秘密を持ったようで、ちょっといい気持がした。

それにしても、いつ頃の本だろう。文庫本よりは大きく、けっこう分厚い。元はちゃんとした本だったと思う。

カバーは無くて、端の方がギザギザに擦れていて、かわいそうな感じ。

ページを開けると、茶色っぽく変色していて字がすごく小さい。読むのに努力と根性がいる本だ。

あんなところにだれが置いたのかな。

お母さんじゃないよね、ぜったいにぜったいに。だって、お母さんは怖いほどきれい好きで、こんなの許せるわけがない。

よく今まで、お母さんの目から逃げ切った、と思う。

お父さんがいなくなる前に置いてった……？　でもこの本、どう考えてもお父さんのイメージじゃないよね。

まあいいや……。お父さんのことが頭に浮かんだとたん、遥香は考えることをやめた。いつものことだ。

アンネというユダヤ人の少女が、第二次世界大戦のころヒトラーにいじめられ、オランダの隠れ家で過ごした、というくらいは遥香も知っている。

すごく頭がよくて、しっかりした子なんだろうな。そして、ぜったいに暗くて疲れる日記にちがいない。

始めは、ちょっと眺めて終わりって感じだった。

ちゃんと読めば、きっと苦しくなる。だから、遥香は読まない。ただパラパラめくって眺めるだけ……。

内容はすっ飛ばす。面白い言葉だけ探す。それが遥香の暇つぶし。

広い空虚な砂浜に、小さな美しい貝殻を見つけるみたいに。

しばらく眺めていると、言葉がふっと浮かび上がって見えた。そして、遥香のハートに直接飛び込んでくる。意外……。

自分の思ってた印象とぜんぜん違う。

アンネってどんな子？　ちょっと興味が出た。

アンネは十三歳くらい。つまり遥香と同じぐらいの年齢だ。

その子が書いた言葉……。キラキラ光ってる。

この数日、遥香は好きな「ゆず」の歌からもゲームの「タマゴッチ」からも離れてしまった。このボロな本を一日中ぼおっと眺めることが多くなった。

『大人に言わせると、私は何一つ、そう、まったく何一ついいところがないんだそうです。侮辱されて黙っていられるものですか』

うーん、このセリフ。今日の私のお気に入り。こんなふうに、私もでっかい声で言ってみたいな。

おい、アンネ・フランク、けっこういいこと言うね。ここに来て、私の話し相手になれ。なんちゃって、そんなこと、あるわけないか……。

遥香はいい気持になって、心でそんなことをつぶやいてみる。この本で好きなセリフに出会うと、なぜかほっとした。気持が安らぐ。そして、その後は決まって、うとうと気持のよい眠りの中に入っていく。

遠くで、またあの教会の鐘の音を聞いたように思った。

これ、夢だなと自分で思う。その後ちょっと間があって、あたりが急に明るくなった。

遥香は起きなきゃと思った。でも、起きるのにしばらく時間がかかってしまう。いつも、何かに縛られているようで、スカッと行動できないのだ。

その時、鉛筆の擦れるような音と小さなつぶやき声を聞いた。遥香のすぐ近くで。確かに。

遥香は思わず、ギョッとして起き上がった。

ベッドに背を向けるように、遥香の勉強机と椅子がある。その椅子に誰か座ってる。

肩までの髪……。女の子だ。女の子は熱心に書き物をしている。

「だ、だれ……？」

女の子はちらっと遥香の方を見て、

「ちょっと、待って。もう少しで速記の勉強が終わるから。今日の分、やってしまわないとね」

ええ？　なになに？　だれよー。遥香は心の中で叫ぶが、声にならない。もしかして私、まだ夢見てる？

「うん、終わった……。おっと、フランス語の勉強が遅れてるぞ。ねえ、もうちょっといい？」

「ちょっとー、だれって聞いてるでしょ」

ようやく遥香の口から声が出た。思わず声が大きくなってしまう。

「失礼しました。アンネ・フランクです」

女の子は初めて遥香の方を向いて答える。

そうだ、この顔。あのボロ本の口絵で見た顔。何か語りかけてくるような大きな目。いっぱい楽しいこと話したがってるような口……。

アンネ・フランク……！

そんな……。これって、やっぱり夢……？　夢見てる？

「夢ではありません。私のことは、もうご存知のはずです。そうでしょ。遥香」

私の名前を知ってる……？　それに今気づいたけど、この人、普通の日本語で話してる……。

「アンネって……、ど、どうして本の中の人が、私の部屋にいるのよー？」

「あなたが呼んだから。さっき、私に会いたいって言ったでしょ」

遥香は、自分の頭がおかしくなったのだと思う。

変な夢ばかり見てるから、幻覚まで出てくるんだ。恐い……。

アンネは、遥香の気持などいっこうにかまわず、もの珍しそうに部屋を見ている。好奇心いっぱいの目で。

「わー、すごい！　この絵、みんな遥香が描いたの？　それに、賞状がいっぱい……」

部屋の上部に、遥香の絵や賞状が飾ってある。お母さんが遥香の励みにと置いたものだ。

遥香が黙っているので、今度はベッドにあるパンダのぬいぐるみを見つけ、嬉しそうに触れる。

「この熊、かわいい！」

「パンダです」と、遥香が訂正した時だった。

「騒がしいわねえ」

「私たちがどんな状態なのか、わかってないのね」

「オットーさんに厳しく言ってもらわなきゃ」

「まったく、一人でもおバカさんがいると、みんなの命が危なくなる」

「困ったもんだ」

口々に呟きながら、七人の男女が次々に現れる。

あっけにとられ言葉も出ない遥香。こんなにたくさんの人が、この狭い部屋のどこにいたの……。

アンネがそっと教えてくれた。

腹の出ている陽気な中年男はファン・ダーン氏。小柄で活動的なおばさんはその夫人。

アンネより少し年上に見える少年は、彼らの息子ペーター。

細身の長身で落ち着いた感じの人はアンネのパパのオットー氏。

神経質な感じですらっとした女性はアンネのママ。おっとりしてかわいい少女はアンネの姉マルゴー。

そして、さっきから一番皮肉っぽく非難の言葉を吐き散らしているのが、歯科医のデュッセル氏……。

彼らは、遥香をまったく無視して話す。まるで、そこに遥香なんかいないみたいに。

「ここが今度の隠れ家？」

「狭いわねー」

ファン・ダーン夫人とアンネのママのエーディトが部屋を見回しながら不満そうに話している。

「いや、ぜいたくは言えないよ。それに、私たちの気持次第でいくらでも広くなる」とオットー氏。

「今度は大丈夫かしら？」

「もうちょっと……、もうちょっとだったのに」ファン・ダーン氏がうめくように言う。

この人たち、何言ってる……？　まあいいや。こんな幻覚、そのうち覚める。大丈夫、大丈夫。じっと待ってれば、いつもみたいに元に戻る。とにかく、覚めるまで待とう……。

そう遥香は心に言い聞かせる。

「あと、八か月……。いえ五か月でいいから、あのままだったら……」

「自由は訪れた」

「悔しいわ」

「いや、まだ終わっていません」

「今度こそ」

「そう、今度こそ」

遥香には、もう誰がしゃべっているのか判別できない。みんなの声がわんわん聞こえるだけだ。

「私たちの記憶はいつでもあの時に、アムステルダムの隠れ家へと帰っていく」

「もう一度、もう一度やりなおしましょう」

「事態は、変わる……？」

「そうです。きっと変わります」

最後はオットー氏の声だ。彼の声はいつでも、落ち着いて確信に満ちている。

「このままでは、あまりに……」誰かがつぶやく。

「みなさん、この人が今回の隠れ家の提供者、遥香さんです」

突然、アンネが大きな声で遥香を紹介した。

アンネの声は明瞭でよく通る。みんな、初めて遥香の存在に気づいたように、いっせいに遥香の方を見る。

「迷惑はおかけしません」と、オットー氏。

「そっとしていただくだけでいいんです」と、ファン・ダーン氏。

「ちょっとー。なによ、出てって！」

ひどくバカにされたような不快感が遥香を貫いた。自分でも思いがけぬ大きな声が出た。

ここは遥香の部屋だよ。勝手に決めるな！

「静かに！」

「外に聞こえたらどうするんですか」

「お願い。騒がないで」

住人たちが口々に小さく叫びながら、遥香に駆け寄ってくる。

すごい勢いだ。

遥香は一瞬恐怖を覚えた。

アンネがみんなの中に割って入る。

「遥香はまだ事態が飲み込めてないだけです。すぐにわかってくれますから」

アンネの言葉で、住人たちは潮でも引くように我に返り、またさっきまでの、遥香など
眼中にないという振る舞いに戻った。

アンネのママが、不安そうな声で言う。

「マルゴー、あのカーテンをちゃんと閉めてちょうだい」

カーテン……？　遥香の部屋のカーテンはちゃんと閉まっているのに。どうやらこの住人たちには、遥香に見えないものが見えてる……。

遥香はもう、いちいち考えるのをやめた。夢でも幻覚でもいつか覚める。しばらく成り行きに任せよう。今はそうするしかない……。

マルゴーがすぐにどこかへ行った。カーテンを閉めに行ったのだろうか。

「もっと厚手のカーテンに変えないとね」と、ファン・ダーン氏。

「みなさん、ジャガイモの皮むきをする時間ですよ」

エプロン姿のファン・ダーン夫人が明るい声で言う。

ペーターが「ぼく、取ってきます」と言って、やっぱりどこかに行った。

ふと、ファン・ダーン夫人が遥香の方を見た。不思議なものを見るように。

「あなたは……ユダヤ人には見えないけど」

「東洋人ね」とアンネのママが。

「遥香は日本人です」

いつのまにか、遥香に寄り添うようにアンネが立っている。

「遥香さんは、何から逃げてるんですかな」とデュッセル氏。

「逃げてる？」

遥香は思わず聞き返した。意味が分からない。

「だって、あなたも隠れてるんでしょ」とファン・ダーン夫人。

「別に隠れてるわけじゃ……」

遥香は返事に困った。自分の状態をどう言えばいいのか。

「私たちは秘密を守ります」オットー氏が遥香を見つめてきっぱり言う。

こうやって正面から人に見つめられると、遥香はいつも苦しくなる。

「やっぱりナチスですかな」

「あなたの敵ですよ」

「日本はナチスと手を組んだのだから、そんなことありませんな」

「じゃ、あなたはレジスタンスですか」

「外には武器を持った連中がうろうろしてるんでしょ」

「お若いのにねー」

「それも一人で」

彼らは、かってに好きなように話している。

遥香は思う。何言ってるの……。わけのわからないことばっかり。この人たち、おかしいんじゃないの。

「あなたのためにも、早く戦争が終わりますように」とデュッセル氏がいかにも同情しているように言う。

「言ってることがさっぱり。戦争なんか起きてません」

「えっ！」

一瞬の沈黙。みんなキツネにつままれたような顔になった。

「じゃあ、あなたは何から逃げてるんですか」とファン・ダーン氏。

「だから、逃げてるわけじゃ……」

「ばかばかしい。身の危険がないのに隠れるわけないじゃないか」今度はデュッセル氏。

みんな、いっせいに笑う。

笑われて、遥香はだんだん腹が立ってくる。なによ。自分たちこそ、わけのわからないことばかり偉そうに言って……。

「でも、鍵まで掛けるのは、ねえ」アンネのママが追い打ちをかける。

みんな、憐れむように遥香を見る。

さーっと空気が青ざめてゆく。

もう我慢できない……。遥香は切れそうになっている自分を感じる。

「そんな言い方はやめてください。遥香には遥香の事情があるんですから」

たまりかねたように、アンネが口を出す。アンネだけが、遥香の心の動きを感じている。

「またアンネの知ったかぶりがはじまりましたな」

「ま、なんでもいい」

「ここが隠れ家でありさえすれば、それでいいんですから」

「私たちは干渉しませんよ、あなたには」

デュッセル氏とファン・ダーン氏が交互に言う。まるでバカにした感じ。

「そんな言い方は失礼です」

アンネが、怒りを含んだ声で抗議した。

だが、デュッセル氏は少しもこたえない。冷笑しながら、

「おやおや、今度はお得意の正義派ですか」

「そんな……」

アンネの表情が悲しげに曇った、ように遥香は感じた。

「……この部屋から出ていけ！」

遥香の口から、しぼりだすような低い声が出た。自分でも思いがけない強い声。

「えっ？」

「そんな……」

信じられない。戸惑いの声。住人たちはアンネの方を見る。

アンネは、うつむいたまま黙っている。

だれも動かない。

「そっちが出ていかないなら、私が……」

遥香の体が勝手に動いた。ドアに向かって突進し、夢中で鍵を開けようとする。

それより先に住人たちが駆け寄り、乱暴に遥香をドアから引き離した。

反動で引き倒される遥香。

かまわず彼らは、非難の言葉を遥香に浴びせる。

「なんということを……」

「軽率な行動はやめていただきたい」

「そんなことをしたら、何が起きるか……」

とっさに、アンネが遥香をかばうように割って入る。

「ごめんね遥香。今にきっとあなたも分かってくれる……」

激しい恐怖と悔しさに襲われて、遥香は泣きながら叫んだ。

「うるさいうるさい！　……消えろ！　みんな消えてしまえ！」

その瞬間、部屋にいた住人たちはあっという間にどこかへ消えた。

もちろん、アンネも。

ちょうど、ジャガイモの箱を持ってやってきたペーターも、箱ごと。

残ったのは遥香だけ。うそみたい……。

あっけにとられた遥香の頭に、「fade-out」という言葉が大写しに浮かんだ。


『あんまり悔しくて、はらわたが煮えくり返っています。どなってやりたい。ほっといてちょうだい……できることなら、この世からおさらばさせてちょうだい！　って……。でもそんなことはできません。私の絶望をみんなにさとらせてはいけません……』


「おおきくなーれ、おおきくなーれ、まーめっち……」

遥香はベッドに腰かけタマゴッチ。最近一番のお気に入りのゲームだ。

「おしっこも、うんちも、じょうずにできるようになりましたねー。おりこうおりこう……」

声を出してみるのだが、空っぽの空間に言葉が吸い込まれて蒸発していくみたい。声に実体がなくって、いつものようにのれない。

「あなたは、何から逃げてるんですかな？」

「あなたの敵ですよ」

あの時、住人のだれかが言った言葉。朝からずーっと遥香の頭で回っている。気にしない気にしない。あんなの、ただの幻覚……。

そう思ってみるのだが、今度は、あの連中の軽蔑したような薄笑いがアップになって、遥香の目に浮かんでくる。

この本のせいだ……。もう本棚に返してしまおう。

『アンネの日記』を手に取り立ち上がろうとした時、机の端にあるケータイがブルブルっと震えた。確かに。

どうして？　さっき電源切ったのに……。

遥香がケータイで連絡を取るのはお母さんだけ。お母さんからは、いつも電源を切らないでときつく言われている。でも、遥香はすぐに電源を切りたくなる。そうすると、なぜかほっとするから。

確かに電源は切った……。

ハルカー、ハルカー、
ガッコウサボッテ、ナニシテルー。
マダ生キテルー?
転校スルノー?
早クシチャエ。
フフッ、ムリカ。
ムリムリ。
イッソ、人間辞メタラッテ。コレ、マジジョーク。
ゴシューショーサマー。ナーンテネ。
バイバイー、ハルカー!

あの、いやな記憶。
遥香が学校に行けなくなった頃、こんなメールが何回か届いた。
そのたびに遥香はメールを消した。でも、それは断続的に何回か続いた。

そのことは、お母さんには言わない。だって、これは私の問題だから……。

誰がやっているのか、わかっている。

知らない人のケータイ使ってるけど、遥香にはわかる。

美咲とさやか、弘美、由紀……。ぜったいこの四人だ。

美咲の、ちょっと意地悪っぽい顔が目に浮かぶ。

皮肉っぽくてクールな口元。決して心から笑わない目。でも、それが小悪魔的っていうのか、妙に印象に残る顔。

遥香の目に、美咲の口が大写しになる。そして、ゆっくりこうつぶやく。

ウ・ラ・ギ・リ・モ・ノ。

魔女……。魔女の美咲……。

遥香は眼を閉じる。


遥香は恐る恐るケータイを見る。

また、あの嫌がらせが復活したの？

ケータイの電源は確かに切れてる。そもそも遥香の番号もメルアドも変えてもらったから知ってる人はいないはず。

じゃあ、なぜ……？

でも確かにさっき振動した。もしかして幻聴……？

そのまま体が動かなくなった、金縛りにあったみたいに。

苦しい。息ができない……。

遥香はケータイを投げ出して、しばらくぼんやりした。

やっと呼吸できるようになって、ベッドに腰を下ろす。

遥香はまたあの本を開いた。急いでページを繰りながら、遥香は心の中で叫ぶ。

「アンネ、アンネ。助けて！」

「あの子たちが、遥香の敵なの？」

いつのまにか、勉強机の前にアンネが座っている。そして、遥香をのぞき込むみたいにして話しかけてくる。

「えっ……」遥香にはアンネの言葉が理解不能。

アンネはケータイを拾って、つくづく不思議そうに眺めながら、

「ねえ、この中に人間がいるの？」

やっとアンネの言うことが理解できた。遥香は思わず笑ってしまう。

「それ、ケータイって言って、人と話したり、メールで……」

「メール？」

「んー……。文字で連絡しあうこと」

「電話と無線が一緒になってるんだ。こんな小さい箱なのに……。遥香はすごいね」

「別に私がすごいわけじゃないけど……」

「ねえ、もう一度聞くけど、この不思議な箱に遥香の敵が隠れてるの？」

遥香は説明するのが面倒になってきた。でも、アンネが言おうとしていることはわかった。

「敵ってわけじゃないけど……」

「敵じゃなければ、どうしてあんなひどいこと言うの。転校しろとか、死んでしまえ、みたいな」

メールの中身、アンネは知ってる……。

「それ、どうして知ってるの？」

「遥香の心に起きたことなら、たいていはわかります。あなたと私は、同じ隠れ家の分身みたいなものだから」

アンネの言ってることが、また理解できない。

けど遥香はちょっと嬉しい気がした。

「あの人たちは、友達……」

「友達？　どうして……。あんなひどい人たち、友達のわけがない。ナチスと同じじゃない」

「でも、前は友達だったの……」

突然、遥香はアンネに聞いてもらいたくなった。いっぱいいっぱい自分のことを。

それは、今まで経験したことのない衝動だった。

でも、話そうとすると、どうしても言葉にならない。

言葉が出てこない……。

アンネは遥香の目を見ながら、じっと遥香が話し出すのを待っている。好奇心いっぱいのキラキラした表情。

遥香は息苦しくなる。

「魔女って、本当にいると思う？」

遥香はそう言おうとした。

でも、口から出たのは別の言葉だった。

「ねえ、どうしてヒトラーはアンネたちにひどいことしたの？」

遥香の問いに、ちょっと間をおいて、アンネは静かに答える。

「ユダヤ人が世界をだめにしてる。だから、ユダヤ人を絶滅しろっていうの」

「ヒトラーって、頭おかしい……。でも、大勢のドイツの人までそうなっちゃうのは……」

アンネの表情が一瞬曇る。

そして、ふうっと長い息を吐いた。

「詳しいことはわからないけど……ドイツは大きな戦争に負けた後で、みんな苦しんでいたの。自信を失っていた。そんな時、人は不幸を誰かのせいにしたくなる。自分たちの不幸はあいつらのせいだって。それがユダヤ人……」

「人間には、他人を痛めつけることで、自分の苦痛や不幸から逃れようとするところがある。それは人間の弱さみたいなもの。ドイツが不幸なのはユダヤ人のせいだ。自分の不幸を他人のせいにして、そのことに気づかない……」

アンネは、ぽつりぽつり言葉をかみしめるように話す。

自分の不幸を他人のせいにする……。

遥香にもわかる気がする。

考えないようにしている嫌なことに、ちょっと触れる感じ……。

「それで、アンネたちはアムステルダムの隠れ家に？」

「私たちは、ドイツのフランクフルトというところに住んでたの。その頃私たちは幸せだった。ドイツの人たちとも仲良くて……。でも、ヒトラーが権力を握ると、私たちはドイツにいられなくなった……。それでオランダに移ったの。でも、オランダも戦争に負けてしまった。ナチスに制圧されてしまって……。だから、アムステルダムにあったパパの会社を秘密に改造して、私たちはそこに隠れたの……」


アンネはそこで話をやめた。

そして、遥香に聞いた。

「遥香は悩みを誰かに話さないの？」

触れられたくない話題……。だけど、アンネなら不思議に嫌じゃない。

「自分の性格の問題だから人に話しても仕方がない……。話してどうなるものじゃないし」

「その箱の中の人たちがいなくなれば、遥香はこの隠れ家から出られると思う？」

わからない……。遥香は自分の気持が本当にわからない。

だめかも。多分……。

黙ってうつむいてしまった遥香を、アンネはしばらく見つめた。

「じゃあ、遥香を苦しめている本当の敵は何？　あなたの心には何があるの？」

そんなこと……。

アンネは、それ以上問うのをやめた。

「私たちは、外へ出ようとする意志はあっても、暴力によってその行為を否定されている。遥香は、行為は可能なのに意志が否定される。この違いをどう考えればいいのだろう……」

アンネがつぶやくように言った時、突然、またあの住人たちがあちこちから現れた。


「さあ、食事の支度をしてちょうだい」

すぐ近くで甲高い声。ファン・ダーン夫人だ。

「まあ、アンネったらずいぶんごゆっくり。ピクニックにでも来た気分かしら」

アンネに皮肉たっぷりの言葉。

住人たちは、慣れた手つきで部屋にテーブルや椅子を運び込む。

こんな狭い部屋に……。遥香は思う。

「ねえ何が始まるの？」

「みんなで夕食よ」

当然という感じで、アンネ。

「こんな狭い部屋で？」

「心配ご無用。ここは私たちの隠れ家でもあるから、大丈夫なの」

「なんだか、さっぱり……」

不思議なことに、テーブルや椅子は何の問題もなく部屋に収まってしまった。部屋の狭さとは関係なく、遥香の前に奇妙な空間が広がっている。そして、もっと不思議なことに、遥香にもそれが当たり前の光景のように思えてくる。

わたし、変な世界に慣れちゃった……？

遥香はベッドに腰を下ろしたまま、劇でも見るみたいに前の光景を眺める。

「午後五時を過ぎました」

「下の会社の人は帰りました」

「やっと私たちのほっとする時間ね」

のどかな雰囲気で、大人たちが口々に話す。

「下の人って？　ここ、一階だよ」遥香はアンネに小声で言う。

遥香の家は東京の町田市にある。五階建てマンションの一階だ。

「私たちの隠れ家はパパの会社を改造したものなの。一階は倉庫。二階は事務室。三階と四階が私たちの住むところ。食事はいつも四階でするの。だから、今は四階」

なんだかさっぱり……とまた、遥香は思う。

でもいいや。考えるの、やめよう、面倒くさくなった……。

「さあ、料理を運んでちょうだい」

張りきった声で、ファン・ダーン夫人が指示する。

この人が食事のリーダーみたい。いちばん態度でかいし。

「まあアンネったら、ほんとにごゆっくり。さっきから言ってるでしょ。ピクニックじゃないのよ」

「今運ぼうとしていたところです。皮肉はやめて」

「まあまあ、ご返答はしっかりしていること」

ファン・ダーン夫人って、本当に嫌味なやつ。アンネがかわいそう。

遥香は夫人をにらんでやった。そしたら遥香の視線を感じたのか、夫人が突然遥香のほうをきっと向いて、

「あなたの分はありませんよ。貴重な食糧ですから」

「けっこうです」

ムッとして遥香が答える。だれが……。

それにしても質素な食事。ジャガイモとキャベツ。あと、よくわからない野菜が少々。ソーセージにパン何切れか、バター少し。スープのようなもの……。

ファン・ダーン夫人がそれぞれの食器に盛る。みんなでお祈りをして食事が始まる。

ベッドに座って他人の食事風景を見るなんて、変な感じ……。どんな顔してればいいの。

遥香は戸惑う。


「みなさん、今放送で聞いたところでは、ソビエトに攻め込んだドイツ軍は、スターリングラードで苦戦しているようです」

「イギリスもとうとうアフリカで勝利したようですな」

「しかし、ドイツ軍はまだまだ強い」

「本当にいい方向に向かうのかしらねえ」

「そうだといいですなあ」

こういう話の中心はファン・ダーン氏だ。声も大きい。

そして、冷静に相槌を打つのはオットー氏。

デュッセル氏とファン・ダーン夫人はだいたい悲観的な意見みたい。

詳しいことはわからないが、聞いているうちに人柄の違いが見えてくる。

「きっとイギリスは勝つわ。そして、この戦争の後は、今までになかったような自由な時代が来るのよ」

アンネが興奮気味の声で割って入った。

場がちょっとの間しんとなる。

「まあ、アンネはなんでも知ってるのねー」

ファン・ダーン夫人が皮肉っぽく。

「アンネさんに知らないことはありませんよ」

笑いながら、デュッセル氏がからかうように言う。

「だって、私たちが暗くなったら、それこそナチスに負けたことになるわ」

アンネも負けずに言いつのる。

遥香はアンネを偉いと思う。

大人の中で、こんなにしっかり意見が言えるなんて……。

「アンネ、もうそのくらいにしなさい」

見かねたように、オットー氏がたしなめた。

その瞬間、うつむいたアンネの表情に、悔しさとも悲しさともいえないものが走る。そしてその顔を見た時、遥香も胸がドキリとした。

「ところで、今日のお食事はいかがでしょうか。もっと食材が手に入れば、存分に腕が振るえるんですけど」

ファン・ダーン夫人がみんなを見回しながら、満足げに言う。

「でも、みなさんは残さず食べてくださるわね。……アンネ、あなたは野菜をもっと食べなきゃね」

「いいえ、私はもう結構。ジャガイモをたくさん食べたから」

「あら、野菜は体にいいのよ。お母さんもそうおっしゃるはずだわ」

「アンネ、おばさんのおっしゃるとおりよ。食べればおいしいのよ」

と、アンネのママ。

「もう本当に結構よ。今は食べたくないの」

アンネがつらそうに答える。早く席を立ってしまいたい。そんな様子が遥香に伝わってくる。

「お姉さんのマルゴーも、ペーターもちゃんと食べてるわ。どうしてあなたはできないのかしら」

「マルゴーとペーターは十五歳ですから、ずっと大人です。アンネとは比べないでください」

初めてアンネの味方。オットー氏だ。

「あら、しつけは大事でしょ。アンネは私の家で育てればよかったのよ。こんなに甘やかすなんて」

「あなたたちは、この子をあまりにも自由に育てすぎましたな」

「よその家のしつけにまで口を出さないでくれません」

「まあ、私はアンネのことを思って言ってるんですよ」

「アンネには改めてほしいことが多すぎます。お姉さんのマルゴーとは大違い」

「同感です。この人にはもう少し規律を守ってほしい」

「やたら元気に騒いでみたり。そうかと思うとすぐ泣きだしたり……」

「あまりにも自己中心的です」

大人たちの非難合戦。もう誰が何を言ってるのか遥香にはわからない。言葉の洪水がアンネを襲う。アンネ、いったいどうなっちゃうの……。

「自分の意見を言ったり、感情を素直に表すことが自己中心的なのかしら。私には理解できません」

アンネは必死に冷静に話そうとしている。精一杯叫びだすのを我慢してる……。

「そういう屁理屈はあなたの得意ですな」すぐに誰かが切り返す。

「なんでも人の意見に黙って従うのが美徳なの？　マルゴーやペーターみたいに」

ナ・ン・デ・モ・ヒ・ト・ノ・イ・ケ・ン・ニ・シ・タ・ガ・ウ・ノ・ガ・ビ・ト・ク・ナ・ノ？

遥香の頭の中で、アンネの言葉がぐるぐる回った。

「とにかく、あなたは問題の中心ね。退屈しないわ」

ファン・ダーン夫人。とどめのひと言。

アンネは、すごい目でファン・ダーン夫人をにらみつけている。

「アンネ、食事中に人の顔をにらみつけるものじゃありません！」

アンネのママが強くたしなめた時、アンネの我慢が切れた。切れる音が遥香に聞こえるみたいに……。

「ええ、ええ、いつでも悪いのは私一人です。私さえいなければ、きっと楽しい食事になるでしょうから」

アンネが荒々しく席を立とうとした時だった。

遥香の口から激しい声が出た。

「ひどい！」

本当に自分じゃないみたいだ。思いがけない激しい声。

みんな、何が起きたかわからない、ポカンとした顔で一斉に遥香を見る。

この顔……このあいだと同じ表情だ、と遥香は思う。

「あなたには関係ありません……」

デュッセル氏のちょっと不安そうな声。

「口を出さないでください」

とファン・ダーン夫人。

「なによ、ここは私の部屋よ。勝手なこと言わないで！」

遥香のどこからこんな声が出るのだろう、と自分で思う。

アンネは立ったまま遥香をじっと見ている。

みんなは苦笑しながらも、遥香を無視しようとしている。そんなふうに見えた。

「大人のくせに、みんなでいじめて。アンネがかわいそう……」

「おやおや、仲間が増えましたな」とデュッセル氏。

「そんな言い方はやめてください」

アンネが低い声で抗議する。

「アンネ、私たちはあなたのために言ってるのよ」

「外ではユダヤ人がどんどん摘発されています」

「そうです。この隠れ家では甘えは許されません」

大人たちは口々に言う。今度は小さい子に言い聞かせるような口調で。

ふと、デュッセル氏が遥香を見て、

「まあ、好きで閉じこもってる人にはわからないでしょうが……」

「やめてください。デュッセルさん」

アンネがさえぎるように抗議した。

が、遥香の心はもう抑えられない。何かが切れた。

「なによ。人の部屋を勝手に使って……自分たちこそ、やどかりじゃない」

やどかりですって、やどかりはひどい……みんな笑いながら、ざわつく。

「あなたの相手をする余裕はありません。どうぞ一人でごたくを並べてください……」

デュッセル氏が言い終わろうとした時、

「消えろ！　私の前からみんないなくなれ！」

遥香が叫んだ。

同時に、みんなの姿が一瞬で消えた。

机も椅子も食べ物も……。もともと何もなかったように。あとかたもなく……。

「アンネも行っちゃったの？」

遥香は、アンネがいたあたりに向かって聞いてみる。

「ここはあなたの隠れ家。あなたが消えろと言えば、みんなすぐに消える。それがルールなの」

どこからか、アンネの声が残像のように小さく聞こえる。

「アンネは……いていいよ」

「それは無理。私もみんなの一部だから……」

アンネの声はもうとぎれとぎれにしか聞こえない。

「また来ていい？　また私を呼んでくれる？」

うすい息みたいだったけど、アンネの声は確かにそう言った。

「あの人たちも一緒？」

遥香が聞く。

だが、遥香の問いにアンネはもう答えない。

でも答えはわかっている。みんな一緒なのだ。

遥香は心の中で「一応、考えとく」と言ってみた。が、きっと自分の方こそ、アンネに会いたくなる。そう感じていた。


夕食後、ドアの前にお母さんがいた。

「話したいことがあるの」とお母さんは言った。


この日、お母さんはいつもより早く帰った。

お母さんは猛烈な勢いで夕食を作る。遥香の喜ぶものが短い時間にずらりと食卓に並ぶ。すごいと遥香はいつも思う。

でも、最近は品数がぐっと減った。

原因は遥香。遥香が食べなくなったから。

お母さんには悪いと思う。でも、食べ物が喉から入っていかない。前はあんなに喜んで食べたのに……。

今は、二人で夕食を取る時間が苦痛だった。

お母さんは何を話しかけたらいいのか困ってる。腫れ物に触るみたい……。それがわかる。だからよけい、遥香はつらくなる。追いつめられるみたいで息苦しくなる。

それって、悪いのは自分。お母さんは悪くない。頑張って夕食作ってくれたのに、ごめんね……。遥香は泣きたくなる。

できるだけダイニングでお母さんと一緒に食べなきゃ。頭ではそう思う。でも、心は逃げたがっている。

一緒に食べると、お母さん、ちょっと嬉しそう。二人でただ黙々と食べるだけだけど。

その日はなんとか一緒に夕食を食べた。会話はほとんどない。そして、いつものように食べたらすぐに遥香は部屋に戻る。

遥香は部屋に帰った。

しばらくして、お母さんが遥香の部屋に来た。すごくめずらしい。

食事の時は何も話さなかったのに……。

きっと話しにくいことなんだろう。遥香は気持が重くなる。

アンネたちが部屋に来てること？　……あれがお母さんにバレた？

そんなはずない。だってあれは、私一人の幻覚なんだから。人にわかるわけない。

じゃあ、もしかして……お母さんの再婚話？

ふと、そんなことを思った。まさか……。

あの光景がフラッシュバックみたいに頭をよぎる。

小学校4年生の時。

「たまにはレストランで一緒に食事しない」って、突然お母さんが言った。

知り合いの人に招待されているの。遥香も一緒にどうぞって言ってくれてるから。ねえ、行こう。日曜のランチ。

軽い調子で話すお母さんの表情に、ちょっと緊張した雰囲気があった。

こんなお母さんめずらしいと遥香は思った。

二人とも一応おめかしして出かけた。

お母さんはアラフォーだけど、おしゃれするとまだまだきれい。シルクのブラウスに真珠のブローチがさえてる。お母さん、まだイケてるーなんて思いながら、レストランに着いた。

しっかりしたドアの、きちんとしたレストランだ。

待っていてくれたのは男の人だった。

遥香は内心ドキッとした。てっきりお母さんの職場の女の人だと思っていたから。

男の人は、お母さんよりだいぶ年上に見えた。ちょっと頭に白髪混じってるけど、落ち着いていて、やさしそうな人。

小さい頃に出てった遥香のお父さんもやさしかったけど……、このおじさんは出てったお父さんとは違うタイプ。こっちのほうが頭よさそう。

三人の食事はとてもぎこちなかった。フランス料理らしいけど、遥香は何を食べたか覚えていない。

食事中、男の人は遥香にいろいろ聞いた。

「好きな教科は何？」「将来は何になりたいの？」……だいたい大人の人って、知らない子供と話す時、なぜこんなことばかり聞くんだろう。おじさんも困ってるんだと遥香は思った。

なんて答えたのか遥香に記憶がない。

とにかく早く終わってほしい、帰りたい、とだけひたすら思った。

すごく苦痛だった。

お母さんは、その日のことは遥香にほとんど聞かなかった。「料理おいしかった？」とは聞いたけど。

それからは、あのおじさんと一度も会ってない。名前も覚えてない。

でも、あの何とも言えない、いやだった気持だけは遥香の心に残っている。

ずっと後に、何かのテレビドラマでよく似たシーンを見た。そして、遥香は突然思った。

あれってお母さんのお見合いだったの……。


まさか、あのおじさんと再婚？

遥香には内緒で実はずうっと付き合ってた……？

その妄想を遥香はすぐ打ち消した。

お母さんにかぎって、そんなことはない。いつまでも私に内緒になんかできるはずがない。

じゃあ、新しい男の人と⁉

考えてみれば、お母さんにそういう人が現れたって不思議じゃない。大人のことはわからない……。

「話って……なに？」

遥香は恐る恐る聞いた。

「前に、北村のおばさんのことを遥香に話したわね」

北村のおばさん……。そういえば、そんな人のこと、お母さんから聞いたことがある。

記憶をたどりながら遥香は思う。（再婚の話じゃないみたい。よかった）

お母さんは、アンネが座る椅子を引いて座った。

「この間から遥香にも相談したかったけど、あなたもそんな状態だし……。どうしようかと迷ってたの」

お母さんが最近ケータイで深刻に話してたのは、会社のことじゃなくてそっちだったんだ。そう思いながら、遥香は「北村のおばさん」って人のこと、思い出した。

「北村のおばさんって、お母さんがお世話になった人……」

「そう。私の大恩人」

お母さんは北村さんのことをぽつりぽつり話す。

こういう話をするとき、お母さんは自分のことを他人みたいに話す。（ここからの「私」はお母さんのことです。念のため）

北村さんは、私のお母さんの友達。だから、遥香にはお祖母ちゃんの友達ということね。友達といっても、北村さんは私のお母さんよりだいぶ年上だったけど。二人は、一緒に横浜の病院で看護師さんをやっていて、とても気の合う、何でも相談しあえる親友だったらしい。

私が小さい頃、あれは小学校三年生の時だった。大好きだったお母さんに重い病気が見つかって。心臓の病気……。それから、あっという間に亡くなった。

その頃、私たちは川崎に住んでいた。近くに親戚もいなかったから、私とお父さんは二人きりになってしまった。

どうやって生活するか、私たちは途方に暮れた……。その頃から、北村のおばさんが私の家にたびたび来てくれるようになった。おばさんは穏やかで優しい人だった。どんなことでも相談に乗ってくれ、助けてくれた。おばさんがいなかったら、どうなっていたか……。

亡くなる前にお母さんは、北村のおばさんに何度も頼んでいたのね。特に私のこと、とっても心配していたらしい。

家庭のいろんな仕事……食事の作り方、買い物の仕方、掃除・洗濯……。おばさんは細かく私に教えてくれた。お父さんはお仕事があったから、家のことは小さくても私がやるしかなかったの。

北村のおばさんには、その後も、大きくなってからも、ずいぶんお世話になった。ほんとに大恩人。なんとお礼を言えばいいか……。

その後も、北村のおばさんとは、ずっと電話で連絡を取ってきた。ところが最近になって、変だなと思うことがたびたび起きた。

「話が通じない……」

話していて、前に言ったことを忘れている。記憶があいまいで……。私やお母さんのこともわからないような日もあった。

北村のおばさんはずっと独身で、年齢は八十代の半ばくらい。横浜のマンションに一人で住んでいる。

もしかして、認知症……。

すぐに横浜のマンションに行ってみた。

物が散らかり放題の部屋。おばさんはテレビをつけっぱなしで、ぼうっとしていた。

食べ物もほとんど食べていないようす。一目見て、認知症が進行していることはまちがいなかった。私を見てもほとんど反応がない。

すぐに、市の福祉課や包括センターとかいうところの人たちと連絡を取り、これからのことを相談した。

施設に入れるにしてもすぐにというわけにいかないし、ヘルパーさんに援助してもらっても限界があるし。どうしたものか……。

ここで、お母さんの話は終わった。

遥香は、長い話を聞いているとすごく疲れる。でも、お母さんの子供の時のこと聞けたからよかった。

お母さん、大変だったんだね。それに比べて、わたし……。

「それで、私はどうすればいいの？　何にもできないよ」

「おばさんをどうするか決まったら、遥香にも相談する。あなたに負担掛けたくなくて黙っていようとも思ったけど、私もこれからいろいろあると思うから」

私が「わかった……」と言うのを聞いて、お母さんは部屋から出ていこうとした。が、振り返って、

「遥香も、そろそろ考えなきゃね。もう半年だもんね」

途端に、遥香の下腹がキュッと痛くなる。

「学校の先生に聞いたら転校してもいいって。それもひとつの方法ですねだって。いっそ、新しいところでやってみるのもいいんじゃない」

お母さんは遥香の気持を考えてさらっと言った。

「大丈夫。塾にでも行けば、遥香なら遅れはすぐに取り戻せる。それから……『空の家』でこんなパンフレットもらった。フリースクールって言うの？　学校に行けない子が好き

勝手なこととして過ごすところ。私は好きじゃないけど……。一応リビングの机に置いておくから」

遥香の反応がないので、お母さんはそのまま出ていこうとする。

「お母さん……」

「うん……？」

「大事な話って……、お母さんの再婚の話かと思った……」

お母さんは「えっ」と言って、一瞬宙を見た。そして、ちょっと間をおいてから「馬鹿ね」と笑った。

お母さんの笑顔を見るのは久しぶりだ。

夢の中に一人の少女が現れる。

遥香よりずっと下の、小学校一年生くらいか。

少女は遊歩道の途中にあるベンチに一人座っている。そして、シクシク泣いている。顔に手をやってシクシク、本当に悲しそうに……。

夕暮れでまわりは薄暗い。人は誰もいない。

遥香は少女に近づいて、声をかけようとする。でも、声は届かない。

少女は泣き続ける。少女の顔は薄闇に紛れ、よく見えない……。
このところ遥香がよく見る夢。目が覚めると、いつも遥香の目も濡れている。
最近、こんな夢をたびたび見る。なぜ……。
気持がざわざわする。叫びたいような不安に襲われる。
わたし、頭おかしくなってる……？

『この隠れ家に住むわたしたち八人。この八人がわたしには、黒い、黒い雨雲にかこまれたちっぽけな青空のかけらのように思えます。わたしたちの立っているこの円い、はっきり境界の区切られた地点は、いまのところまだ安全ですけど、周囲の黒雲はだんだん近づいてきますし、迫りくる危険からわたしをへだてているその円は、しだいに縮まっています。いまでは、危険と暗黒とにとりまかれているので、わたしたちは必死に逃げ道をもとめて、おたがい同士ぶつかりあっているのです……』

アンネの声が聞きたい。
もう幻覚でも何でもいいや……。遥香はまたアンネを呼んでみる。

「アンネー、出てきて」

すると、アンネは私の勉強机の前に座っている。ずっと前からそこにいたみたいに。そして、いつものように楽しくお勉強。

「ねえ、なに勉強してるの？」

「歴史よ。私、歴史が大好きなの」

まず神話の勉強をして、それからピョートル大帝のノルウェー侵略のところまでやらなきゃと、アンネは嬉しそうに言う。

「それがすんだら、速記の勉強をするの」

「アンネは、どうしてそんなに勉強するの。勉強しないと叱られるの？」

「あら、楽しいからよ。勉強は誰かに命令されてやるもんじゃないわ」

アンネは、また部屋の壁に飾ってある賞状を興味深そうに見上げる。

「遥香も勉強好きでしょ。だって、こんなに……。読書感想文金賞、絵画コンクール優秀賞、へえー、生活作文コンクールなんてのもある……。すごいすごい」

遥香が黙ってしまったのに気づき、アンネは話題を戻す。

「知らないことを知るって本当に楽しい。もっともっと知りたくなる」

勉強なんて受験のためにやるのよ。みんな、やらないと困るからやってる……。遥香は心の中で思う。

「この本もテキストも、私たちを助けてくれてる人が、大変な思いをして手に入れてくれたの……」

「そうなんだ……。その人たちって、ユダヤ人？」

「オランダ人。パパの会社で一緒に働いていた人たち」

そんなことして、その人たちは大丈夫なのと遥香は思う。もし、見つかったら……。

「その人たちのおかげで、私たちの隠れ家生活が成り立っているの。ナチスに見つかれば、その人たちも必ず収容所に送られてしまう。なんと感謝すればいいか……。そのことを思うと、私たちはどんなことにも耐えなければと思う……」

アンネがそこまで話した時、

「4時になったら、自分から机を開けてほしいものだね」

また、あの気難し屋のデュッセル氏がいつのまにか現れて、アンネをにらみつけている。

「ごめんなさい……。デュッセルさん、お願いがあるんですけど」

「ほう、アンネが私にお願いとはめずらしい。なにかね」

アンネは遥香のことを忘れたように、デュッセル氏に向かって真剣に訴える。

「この机の使用についてです。デュッセルさんがお昼寝をなさってる間の2時半から4時半まで、私が使わせてもらうことになっています」

「ふむ、そうだが」

「せめて週2回だけでも、5時半まで使わせてもらうわけにはいかないでしょうか。速記の勉強もフランス語の勉強も、もう少し時間があれば……」

「だめだ」

デュッセル氏が偉そうに答える。

遥香には二人の話が読めない。

なに言ってるの、その机、私のだよ……。

「なぜでしょう。最初からこの部屋は二人で平等に使うって決めたはずです。平等ということなら、午後いっぱい私が使う権利もあるはずです。でも、そこまではお願いしません。せめて、週2回……」

デュッセル氏の口がちょっとへの字になった。

「権利だと。ここで権利など振り回しても通用するものか。私にはやり遂げなければならない仕事がある……。だいたいあんたの仕事やらは、神話だのおしゃべりだの、勉強のうちに入らないものばかりじゃないか。くだらない我がままに付き合ってる暇はないんだ」

「その机、私のだよ……」

遥香がおずおずと割って入る。

デュッセル氏は、はじめて気がついたように遥香の方を見た。

「ふむ……。このベッドの使い方も検討しなければならん。これを私が使えば、アンネのベッドも返してあげられる。そうすれば、あんたの好きな平等だの権利だのも満足させられるじゃないか……」

突然、デュッセル氏が遥香に近づいてきて、ベッドに触れようとした。

「デュッセルさん、やめてください」

アンネの必死な声。

遥香は恐怖で全身が固まっている。こんな時は、いつも声が出ない。

でもその時は、自分でもわからないところから声が出た。遥香は叫んだ。

「触るな。くそじじい！」

そして、ベッドの枕をつかんでデュッセル氏に投げつけていた。

枕は胸のあたりにぶつかって落ちた。デュッセル氏は驚きと苦笑の混じった表情で遥香を見て、

「また消えろと言われそうだから、その前に私がいなくなる……」

つぶやいた途端、デュッセル氏の姿がスッと消えた。

遥香はまだベッドで震えている。

「ごめんね遥香……」

アンネが近づいて、遥香の肩にそっと触れる。遥香はアンネの手の温かさを感じる。

それだけで気持がすうっと静まった。

アンネが楽しそうに言う。

「でも、さっきは私も胸がスカッとした。ありがとう……」

「なにが？」

アンネはくすくす笑いながら、

「くそじじい……私が喉まで出かかった言葉」

「なんなのあの人。気持悪い……」

言いながら、遥香は自分の行為に今更ながら驚く。そして、ちょっと笑ってしまう。

「ねえ、あの嫌味なおじさん、ベッドがどうのって言ってたけど、どういうこと？」

デュッセル氏は確かそんなことを言った……。

アンネはちょっと考える表情になる。大切な話をするときの表情だ。

そして、しばらく間をおいてから静かに話し出した。

「デュッセルさんは、本当は悪い人じゃないのよ。立派な歯医者さん……」

アンネの話によると、

最初、隠れ家にはアンネたちの家族4人と、仕事仲間のファン・ダーンさんの家族3人の7人だった。三階にはアンネたちの家族。四階にはファン・ダーンさんの家族が住んだ。すでにオランダにいるユダヤ人は、次々に秘密警察に拘束され、収容所に送られて殺されていた。アンネたちは幸運にも隠れ家で無事に過ごせたが、危機にあるユダヤ人を一人でも救いたかった。

そこで引き受けることになったのが歯科医のデュッセル氏だった。

四階は、ファン・ダーン一家が住むだけでなく、リビングやダイニングの場所にもなっていたから、三階のアンネたちがデュッセル氏と一緒に住むことにした。

それまでは、アンネと姉のマルゴーが一つの部屋を使っていたが、マルゴーはママたちのところに行って、アンネとデュッセル氏が同居することになった……。

「あのじじい……じゃなくて、おじさんと？」

遥香は仰天した。

「ええ、ベッドはデュッセルさんにゆずり、私は毎晩ソファベッドに寝てるの」

アンネは当然というように話す。

「ひえー、気持悪い……。あんなおじさんと一緒なんて……。考えただけでもおかしくなっちゃう……」

「隠れ家にいられるだけでも、私たちは恵まれているの。一人でも多くの人が助かるなら、それは喜ぶべきことなの」

「ほんとにアンネもそう思う？」

遥香には信じられない。大人たちが言うからじゃないの……。

「ユダヤ人中学校の友達……。私の友達も、次々にどこかへ連れ去られてるのよ。そのことを聞くたびに、胸が痛くなる……。遥香もそうなったら、きっと私と同じように考えると思う」

たとえそうでも私は嫌、たぶん……。私はわがままだから。

心の中で、遥香はアンネをすごいと思う。私と同じ年だなんて、とても思えない。

話題を変えたくなった。

「でも、この机と椅子、私のだよね」

アンネは笑って答えなかった。

遥香は自分の勉強机と椅子をあらためて見た。

このところ、遥香はそこに座っていない。もっぱらベッドだけが生活の場所だ。そこに座れば勉強しなければならない。そのように決まっている。考えただけで苦しくなる。本当はこんな机も椅子もなければいい……。

そう思いながら、なぜか机と椅子に、懐かしいような愛しいような感情が湧いてくる。そうだ。あれは私がまだ小学校に上がる前。その頃はお父さんも一緒だった。長野のなんとかという有名な家具屋さんから買ってくれた。

「高かったんだぞお」とお父さんが言い、その横でお母さんが笑った……。

小学校の高学年になって、椅子が小さくなりすぎたので、お母さんがデパートで新しいのを買ってきてくれた。その時はもう、お父さんはいなかった。

机も小さくなってしまったが、そのまま使っている。前の椅子は花入れの置き場所になって、リビングにある。


遥香が我に返ると、アンネはもういなかった。

「アンネ、いつまでここにいられるの」

アンネのいたあたりに向かって遥香は問いかけた。

アンネは答えない。

もう一度遥香は問いかける。

「ねえ、アンネたちは何のためにここに来るの」

ちょっと間があって、声がした。

「奇跡よ……。奇跡が起きるのを待ってるの」


「ようこそみなさん、四階のリビングに」

アンネの溌溂とした声。

今四階にいるのか……。遥香はもう慣れっこになってしまった。

それに、このごろアンネたちは遥香が呼ばないのに出てくることも多い。

今日は何が起きるの……。できればアンネがいじめられませんように。

また、例の人たちがぞろぞろやってきた。この人たち、ここに来ない時はどこで何してるんだろう。

「いったい何が始まるのかしら？」

と、ファン・ダーン夫人。

「みなさん、今日は12月6日、私たちの大切な大切な、聖ニコラウスの祭日です」

ニコラウス……？　聞いたことない。それに今日って、まだ11月の始めじゃなかった……？

でも、みんなまじめな顔してるので、今質問するのはよそうと遥香は思った。

「そんなこと、もちろん知ってます」

また、ファン・ダーン夫人。

「去年は、それぞれきれいに飾ったバスケットに、お楽しみのプレゼントが……。でも、今年はそんなことを望めません。そこで、パパと相談して、私からみなさまにささやかなプレゼントを用意させていただきました。このバスケットに……」

アンネは、かたわらに置かれている、小さな紙人形で飾られ大きな褐色の包装紙で覆われた四角い物を示した。まわりには赤と黄のカーボン紙のリボンがかかっている。

「洗濯物入れじゃないか」

ファン・ダーン氏が近づいてつぶやく。みんなもうなずいている。

「でも、飾りをつけると本物のバスケットみたいだわ」

ファン・ダーン夫人が興奮して叫ぶ。

「みなさまがプレゼントを開く前に、自作の詩を朗読いたします」

包装紙にピンでとめた封筒を取り出して開け、ちょっときどった感じで、アンネが読み始める。

『プロローグ』

去年来た時といくらちがっていても、
今年もサンタクロースがやってきました。
去年のようにみごとに、また楽しく、
サンタの祭日を祝うことはできません。
とはいえ、サンタの精神は生かしましょう。
でもあげられるものはなにもないので、
別の贈り物を思いつきました。
どうかみなさん、めいめいの靴の中を見てください。

一人ひとり、バスケットに近づき、中から紙包みを見つけて読んでいる。他の人には見られないようにして……。その様子は、大人もみんな、とってもほほえましい感じ。

「まあ、アンネったら」

「私にぴったりの詩だわ」

「いやいや、このユーモアにはまいりました」

「こんなプレゼントをもらえるなんて」

どんなこと書いてあるのかな……。

それにしてもアンネは偉い、と遥香は感心してしまう。

こんなにつらい時でも、人に何かしようっていうんだから……。どうして、そんなふうにできるんだろう。

みんな嬉しそうにアンネと握手して帰っていく（どこかへ消えていく）。

あのデュッセルさんの笑顔。あの人もこんな顔するんだ……。


遥香とアンネだけが残った。

「聖ニコラウスって、サンタさんのことなんだ」

「そう。もともとは、そう呼んでたみたい」

「ねえ、今日はまだ11月の始めだよ。12月には……」

さっきの疑問について聞こうとしたら、

「私たちの時間は、遥香の時間とは違うの」

アンネにあっさり言われて、それで終わり。そんなものか……。

「ねえ、あのデュなんとかさんに、どんなこと書いたの？」

アンネは笑って答えない。そして、めずらしく、ちょっと照れくさそうにした。

「遥香にもプレゼントを用意してあります」

アンネは封筒から紙を取りだして遥香に差し出す。

詩だ……。

「私に？　……読んでいい？」

「もちろん」

遥香は詩を朗読する。声を出して文を読むのって、何か月ぶりだろう……。

『希望』
恐れる人、寂しい人、不幸な人
今はどんなにつらくても
自然と、大空と、神様が、あなたに微笑む日が来る
あなたはあなたのままで
万物はすべてあるがままで

希望に輝き、幸福の光に包まれる日がきっと来る

声は震えなかった。ちゃんと読めた……。

「ありがとう。アンネ」

今までクリスマスの贈り物はいろいろもらったけど、こんな気持になったのは初めてだよ。遥香が言おうとした時、アンネはまた消えてしまっていた。

遥香はそこで、しばらくぼんやりした。そうしたかったから。

部屋の壁の上の方から、アンネの声が聞こえたように思った。

「苦しい時こそ、少しでも明るく暮らせるようにね」

『今日は悲しく憂鬱なニュースばかりです。たくさんのユダヤ人のお友達が、いっぺんに十人、十五人と検束されています。私は恐怖に打ちのめされています。恐くて、その場に釘づけになったきり、身動きもできませんでした』

遥香は、またあの女の子の夢を見た。

女の子はやっぱり悲しそうにシクシク泣いている。

目覚めた遥香の目も、やっぱり濡れていた。


起きると机の前にアンネがいた。

遥香はもうそのことにあんまり驚かなくなった。

アンネが泣いてる。めずらしい……。

「どうしたの」遥香が聞くと、

「ハンネリが……。ハンネリが……」

この日のアンネは、話す声もずっと小さくて、つらそう。

「ハンネリって？」

「ユダヤ人中学校のお友達。いつも連れ立って歩いた大の仲良し……」

「その子が？」

「きのうの夜、眠りに落ちる前、ふいに私の前に現れたの……」

ハンネリは、ぼろぼろの服を着て、痩せこけて、やつれた顔をしていたという。

目だけが異様に大きく、その目が責めるようにアンネを見ていた。そして、アンネに訴える。

「アンネ、どうして私を見捨てたの？　助けて、この地獄から救い出して……」と。

「ハンネリは、内気なところもあるけど、偏見がなく、私の大好きな子だった……」

アンネはつらそうに話す。

幼い私は、ハンネリを誤解していた。ハンネリの悩みが理解できなかった……。

ハンネリに新しい友達ができて親しくなった時、私はそのお友達との仲を裂こうとしているように見えたという。今思えば、一瞬の閃光のように彼女の悲しみが見えた。でもその頃、私は身勝手な自分の喜びや悩み事で手いっぱいで、彼女の心の中を考えようとしなかった。いつもハンネリは私だけのものと思っていた……。

そのハンネリが私に助けを求めている。でも私は、為す術もなく座って、みんなが死んでいくのを見守るだけ。どうしてあげることもできません。できるのは、彼女を私の手に返してと神様にお祈りするだけ……。

アンネは泣きながら、かきくどくように話す。

こんなアンネははじめて……。何を言えばいいか、遥香にはわからない。

遥香はアンネのそばに行き、そっと肩に手をやった。

そのまま、悲しみが静まるまで待とう……。

そう思った時、ドスンドスンという靴音が不気味に響いた。

銃で武装した人たちが5～6人、いきなり二人の前に立っている。

ナチスの秘密警察だ。すぐに遥香は思った。

男たちは銃口を向けながら、口々に言う。

「ドイツは世界の希望である。理想である」

「世界を腐敗させ堕落させるすべての悪の源は、ユダヤ人である」

「ユダヤ人を絶滅せよ」

「オランダに住むユダヤ人は、人の集まるところに行くことを禁止する」

「したがって、公園にもプールにも、海水浴場にも行ってはいけない」

「映画館や劇場にも行ってはいけない」

「バスや市電にも乗ってはいけない。公衆トイレにも入れない」

「すべてのユダヤ人は、外出するとき上着の左胸に黄色い星のマークをつけなければならない。これは呪われたユダヤ人のしるしである」

「今、すべてのユダヤ人を摘発し、強制収容所に送ることに決定した。抵抗する者は射殺せよ」

不思議なことに、遥香は恐怖を覚えなかった。

まるでお芝居か映画を観てるみたいに……。

銃口は、はっきりアンネに向けられている。

アンネは泣きながら震えていた。

遥香は思わずアンネの体を抱きしめた。その体は、本当にかぼそく、頼りない……。やせっぽちの、十三歳の少女の体だった。

アンネの恐怖を、遥香は体ごと必死に抱きしめようとした。

「ハイル・ヒトラー」

「ハイル・ヒトラー」

叫びながら、男たちは今にも銃の引き金を引こうとしている。

「消えろ！　消えてしまえ！」

必死で叫んでいた。

かすれていたが、声は確かに遥香の声帯を通過した。絞り出すみたいに……。

その瞬間。

男たちの姿は、すべて消えた。

そして、腕の中にあったアンネの体も消えていた。

しばらくして遥香は崩れるように椅子に座った。

アンネの感触は、まだ遥香の腕に残っている……。

大変な疲労と虚脱が、同時に遥香を襲った。

そしてその時、アンネ風の言葉で言えば、神の啓示みたいにあることが遥香の脳裏にひらめいた。

夢の中で泣いている少女。あの子は……。

だれかわかった……。

遥香は、一人で小さくうなずいた。


「ねえ、魔女っていると思う？」

遥香はアンネに聞いてみた。いつものように、ちょっと考えてアンネが答える。

「私もよくわからないけど……。人は心の中に、天使も魔女も両方持っているんじゃないかしら。時によって、天使が強く出たり魔女が強く出たり……。要するに、心のあり方の問題だと私は思う」

「ていうと、実際には魔女はいない？」

「たぶん……」

アンネはそう言って、何かを思い出すみたいにちょっと笑った。

「魔女には、懐かしい思い出があるの……」

アンネは遠くを見るような目になった。


アンネたちが幼い頃、まだフランクフルトにいて、とても幸せだった頃だ。

家政婦のカティさんという人が、アンネとマルゴーのためにパウラっていう名の人形を作ってくれた。

良いパウラは天使。悪いパウラは魔女。

マルゴーは天使のパウラと仲良くなって、いつも部屋の隅で行儀よく遊んだ。

アンネは魔女のパウラが好きだった。

目は吊り上がり、髪はもじゃもじゃ。口も耳まで裂けている。けど、アンネはその顔が気に入った。ドキドキするほどいたずらっぽくて、ユーモラス……。

アンネと魔女はすぐに仲良くなった。一緒に踊ったり、歌ったり。時には窓から外へ飛び出して大空を駆けたり……魔女のパウラに夢中だった。

ママはそういうアンネを恐れ、嫌がっていたけど……。

「フランクフルトを去る時、人形とは別れてしまったの。あの子たち、どうしているかしら……」

アンネは懐かしそうに言って、その後すぐ話を戻した。

「でも、これは人形の話。実際の魔女とは違う……。遥香はどう思うの？」

今度は遥香がちょっと黙る。が、迷いながら言葉が口から出た。

「魔女はいるって、思ってた……」

その時、遥香の気持の何かが溶けた。今、アンネにいっぱい聞いてもらいたかった。

遥香は、小さいがしっかりした声で話し始める。

せき止められていた水が溢れるように、言葉が次々と出てくる。

遥香はそういう自分に驚き戸惑いながら、流れに任せようと思った……。


遥香は小さい頃から、本を読んだりお絵描きをするのが好きだった。

これはお母さんの影響が大きいと思う。

学校に上がる前、お母さんはよく絵本の読み聞かせをしてくれた。

二人で過ごしたこの頃。楽しかった……。まるで夢みたい。

小学校一年生の時、お父さんがいなくなった。

しばらくして、お母さんは保険関係のお勤めに出た。

二人で過ごす時間はぐっと減った。
その代わり、遥香のために少年少女のための文学全集というのを買ってきてくれた。
いっぱい振り仮名のついた、やさしい本……。
二人で夕食を食べながら、遥香が本のあらすじや感想を話す。
すると、お母さんはとっても嬉しそうにした。
『ああ無情』『小公女』『クリスマスキャロル』……。
また、クレヨンや絵の具もどんどん買ってくれ、お絵描きのやり方を教えてくれた。
教室での遥香は、みんなが遊んでいる時も自分の席で黙々と読書をしている子だった。
それが遥香の普通……。
他の子のように、おしゃべりしたり騒いだりしたいなんて、全然思わなかった。
中学生になっても、その習慣は続いた。

一年生のある昼休み。みんなは騒がしくおしゃべりやふざけっこをしている。
その中で、遥香は突然、居心地の悪い自分を感じた。初めての感覚だった。
自分だけ独りぼっちで、椅子に縛り付けられて、まるで孤島にいるような……。
周りの人が、自分を『おたく』とか『暗い』とか呼んで嘲笑っている……。そんなささやき声が聞こえたように思った。

でも、遥香はどうすればよいかわからない。立ち尽くすような時間がしばらく続いた。

そうしているあいだに、遥香はクラスの学級委員になった。させられたって感じ。

みんな自分がやりたくないから、勉強ができておとなしい遥香に押し付けておけばいい。そんな感じだろう。

やりたくありませんと言う勇気も、遥香にはなかった。


中学生になると、いろんな決め事を自分たちで話し合って決める。

林間学校のクラスの出し物を話し合った時。先生は用があっていなかった。できるだけこの時間に決めておくよう言われていた。

なかなか話し合う雰囲気にならない。

それでも、男子の方はなんとなく決まった。

女子の出し物が決まらない……。

前に立つ遥香の姿など、まるで見えないように勝手なおしゃべりをしている。席を立ってふざける男子もいる。

今週中には決めないと……。でないと先生に何と言われるか。

けっきょく、その時間は何も進まなかった。遥香は泣きたくなった。

その放課後だった。

部活動に行こうとしている遥香に（遥香は美術部に所属している）、美咲が近づいてきた。

今まで一度も、まともに話したことのない人だ。

「遥香、私たちのところに来なよ」

美咲は小さい声で言った。小さいが断れない強さのある響きだった。

つるっとした小顔で、ちょっと目尻が上がって、小悪魔的な美咲。

美咲のグループに入ってからは、すべてが変わった。いろんなことが不思議なほどうまくいった。

林間学校の出し物もすんなり決まった。

おしゃべりをする人はほとんどいなかった。席を立つ人など皆無だった。

美咲が何かしたのかはわからない。でも、この変化には美咲が関わっている……と遥香は感じた。美咲は男子にも一目置かれている。

美咲の不思議な力……。

それから、遥香は美咲になんでも頼るようになった。

グループといっても、放課後はそれぞれに部活もあるから、だいたい休み時間をべたっと一緒に過ごすだけ。

「私たちは絶対の仲良しだよ」そう周囲にアピールして、結束を示すみたいに。

それにしても、美咲はなぜ遥香をグループに誘ったのかな……。


そして、二年生になった。

クラス替えで、美咲とさやかと遥香が同じクラスになった。由紀と弘美が新しくグループに加わった。

五人組はいつも一緒だった。

遥香以外の四人は、休日も遊んでいるようだったが、遥香はほとんど誘われなかった。

一応誘ってくれても形だけって感じ。

遥香には絵画教室などの習い事もあったし、遥香のお母さんが厳しいことも誰かに聞いていたのかもしれない。それとも、遥香なんか楽しくないからかな……。

美咲たちとグループでいることに遥香が違和感を覚え始めたのは、一年生の終わり頃だった。その気持がだんだん強くなっていった。

二年生になると、苦痛に近いものになった。

もともと四人とは話が合わない。興味や関心が違う。異質だった。

彼らの話題は、たいていテレビで観たアイドルの話が多い。ＡＫＢや乃木坂、欅坂……ほとんど女子グループのアイドルたち。

だが、それは遥香の知らない世界。

遥香は夜のテレビ番組を調べ、肝心なところだけをできるだけ観るようにした。関連する雑誌なども買って、アイドルたちの膨大な情報を手に入れようとした。

お母さんは、そんな遥香の様子が気にはなっていたが、まあ年頃だからと静観してくれているようだった。

遥香は、一生懸命四人に話を合わせようとした。

だが、どうしてもトンチンカンなことを言ってしまう。四人をシラケさせることがたびたびだった。

陰で笑われている、と感じることがよくあった。

そんな時、場違いなところにいるようで遥香は淋しかった。

でも、前みたいに独りぼっちになりたくない。

お母さんのお仕事の話じゃないけど、これは独りぼっちにならないための「保険」みたいなもの。仕方ない……。遥香はそう自分に言い聞かせた。

美咲は、時々アイドルのＣＤやグッズを四人にくれた。

こんなの、もらっていいものか遥香は迷った。だが、他の子たちは当然のように受け取る。

「美咲んちは金持ちだからね」と、さやか。

「ＣＤに投票用紙がついてるの。美咲は総選挙で好きなアイドルの応援してるんだよ」と由紀。

遥香はそんなもんかと思う。ますます気持が重くなる感じ……。

お母さんには内緒にしておこう。

それにしても、美咲の家ってどうなってるの？　と遥香は思う。

「美咲のお父さんね、外国で仕事してるんだ。だから、なかなか帰って来ないの……」

二人だけの時、そっと美咲が遥香に話したことがある。

ある日の放課後、階段の踊り場のところで、美咲が数人の男子とこそこそ話してるのを見た。よく問題を起こしている男子たちだ。

美咲がいじめられている……！　遥香はドキッとした。

でも、話はすぐに終わったようで、何でもない顔で美咲は戻ってきた。

男子たちもいつも通りニヤニヤしてるだけ。

男子たち、美咲に何かもらった？　なんとなくそう感じた。

美咲って、やっぱりよくわからない……。遥香は思う。なんだか見てはいけないもの見てしまった。そんな感じ。

美咲たちは人の悪口とうわさ話が好きだ。アイドル関係以外はほとんどそう……。

あの子の髪型どうとか、話し方のセンスが悪いとか、行動がのろい、だれだれが生意気で頭にくる、誰と誰がつき合ってる……。どこから聞いてくるのか、クラスメートの家庭のことまで話題にした。話のきっかけは、たいてい美咲だった。

美咲はどこから人の情報を集めてくるんだろう……。美咲に対して不気味さを感じた。

「ねえ、そう思わない？」

悪口を言った後、美咲は必ずみんなにそう聞く。すると三人は待ってたように話を盛り上げる。

遥香が黙っていると、

「遥香もそう思うよね」って、必ず美咲が聞いてくる。みんなが自分の方を見る。

遥香は仕方なく「うん」って小さく返事する。

すごく嫌だった……。嫌だけどグループだから仕方ない。

もし否定したら、きっと私が外される。そして、今度は自分が攻撃される。

ここにいれば、美咲は遥香に優しくしてくれる。だから仕方ない……。

美咲を怒らせたり、美咲に逆らった人はみんな嫌な目に遭う。

カバンに汚いものが入っていたり、シャーペンが捨てられていたり、靴が校庭の隅に落ちていたり、廊下でつまずいて転んだ人もいる。

誰がやったかわからない。

先生が調べたこともあるが、結局わからなかった。本人の勘違いか、それとも偶然か、ということになってしまう。

遥香は、心の中ではぜったい美咲にちがいないと思う。

でも、証拠はまったくない。実際その時、美咲は遥香たちと一緒にいたのだから、何もしていないのだ。

「魔女」という言葉が遥香の頭に浮かんだ。

その頃から、遥香は美咲のことを「魔女」と心の中で呼ぶようになった。


「遥香は、その子が魔女だと言うのね。その、美咲って子が」

じっと聞いていたアンネが、やっと口をはさむ。

目が覚めたように遥香は話を止めた。

ずいぶん話しちゃった……。こんなに話したの、生まれて初めて……。

そして、答える代わりに、「アンネはどう思う？」って聞いた。

「それだけでは何とも言えない。だけど……私には、その美咲って子の心の中が気になる。精神に何があるのか。その方が大事なように思う」

アンネの言うことって、難しいよ……。遥香が黙っていると、

「遥香は、その状態に耐えられなくなったのね」

そうかもしれない……。遥香は思う。

ある日、学校へ行くのがつらくなった。お腹が痛くて、吐き気がして。もうどうにもならなかった……。

みんな、魔女の美咲のせい？

それも違う……と遥香は思う。

遥香は今、どうしても確かめたいことがある。でも、一人だけでは恐い。

アンネと一緒なら……。

笑われそうだと思ったが、決心して言った。

「今から変なこと言うけど、笑わないでね」

「もちろん」いつものアンネの返事。

「夢の中でアンネを呼んだら、来てくれる？」

「遥香が呼ぶなら、夢の中でも行けると思う。でも、何をすればいいのかしら」

「ただ、そばにいてくれるだけ。それだけでいいから」

アンネは黙ってうなずいた。


夢の中に来て、なんて言っちゃったけど、うまくいくかな？　……。

第一、アンネに頼んだことだって、夢の中では覚えてないんじゃないか……。そんなことをぐるぐる考えながら、遥香はいつの間にか眠りに落ちた。

そして、またあの夢を見た。

うす暗い遊歩道のベンチであの子が泣いている。
おかっぱの、細い体の女の子。いかにも頼りなさそうに。
手を顔に当てて、シクシク、シクシク、泣いている。
遥香はその場で、アンネを小さい声で呼んだ。
すると、もうすでに遥香の横にアンネが立っていた。そして遥香にうなずいた。
遥香は女の子に近づく。
そして、肩に手をやった。
女の子は顔を上げない。ただ泣いている。
遥香は、そっと名前を呼んだ。
「美咲……。美咲だよね」
女の子は、驚いたように顔を上げ、遥香を見た。
その顔……。まだ幼いけど、目尻の跳ね上がった小悪魔的……。美咲の面影がある。
女の子は、遥香をじっと見る。目に焼き付けるように。
「お父さん、出てったの？」
遥香が聞くと、女の子はうなずく。
「私のお父さんも出てったんだよ。あなたぐらいの時……」

女の子は、遥香の言葉がよくわからない。この人、どうしてこんなこと言うの？

「美咲はその時、泣けなかったんだね……」

遥香は、中学生の美咲に話しかけるように言う。

「だから、今、小さい頃に戻って泣いてるんだよね」

肩を抱いて、遥香は話しかけた。

女の子が、かすかにうなずいた、ように遥香は思った。

「私も泣けなかったんだよ、あの時……。ほんとは、いっぱいいっぱい泣きたかったのに」

遥香の目にも、涙があふれた。

女の子と遥香は、しばらく一緒に泣いた。

そして、遥香はそこを離れた。

アンネが待っていた。

アンネは遥香に微笑みかける。

「やっと美咲と向かい合えた気がする……。アンネのお陰、ありがとう」

遥香の言葉に、アンネはいつもの遠くを見るまなざしで言う。

「美咲という子は心の奥底で、遥香に自分と似た匂いを感じたのね。だから、自分でもわからないまま遥香に近づいた……」

アンネは途中で言うのをやめた。そして、少したってからこう付け加えた。

「でも、あの子は、自分で心の闇と向かい合わなければ……。自分を救うのは、結局自分しかいないから」


『ママへの軽蔑の念が深まっていく。ママの悪い点には目を向けないように心がけています。ママのよい点だけを見、ママの中に見いだせないものは、自分のなかに求めようとしています。でも、うまくいきません……』


お母さんがドアの前にいた。

夕食準備の前に、話したいことがあったみたい。

北村さんのことかな……。遥香は、このあいだの話を思い出した。

お母さんは遥香の顔を見るなり、強い口調で言う。

「どうしたの。体の調子悪い？」

「そんなことない。元気だよ」

「もっと食事取らないとね。痩せちゃって。目だけぎらぎらしちゃって。何かあった?」

「別に……」

本当は今、遥香は楽しい。でも、それは誰にも内緒。

「遥香、このあいだ話したこと考えてくれた?」

「ああ、北村さん……」

「ちがうわよ。転校の話。もう結論出さないと……」

転校なんて考えてない。今の遥香には考えられない。それにあの腹痛の不安が……。

「このままじゃ、みんなからどんどん遅れちゃうでしょ。いじめがあるなら話しなさいって言っても、あなたは何も言わないし……。転校しかないじゃない。大丈夫よ。今なら追いつける。ねえ、聞いてる、遥香」

こうなると、お母さんの話は止まらない。相手の反応なんか構わず言いつのる。

「小さなことで将来を棒に振るのはバカなことよ。あなたの年頃の悩みなんて、はしかみたいなもの。あとになれば、大したことじゃなかったってきっと思う。だから、ねっ。聞いてるの。遥香……」

こう言った時、なぜかお母さんがハッとして言葉を飲んだ。

「今……何か言った?」

不思議な顔をして、お母さんが聞く。

「いいえ」

遥香にもよくわからない。お母さんは戸惑いながら、

「私の名前を呼んで、あなたは間違ってるとか……」

遥香はすぐに思った。

アンネだ。アンネがいたずらした……。

笑いそうになって、なんとかこらえた。

アンネがどこかで聞いてる……。

「とにかく、お母さんの言ったこと、よく考えるのよ。いいわね……」

いぶかりながら、お母さんは出ていった。

遥香は周りを見回し、どこかにいるアンネに話しかける。

「あなたのお陰でお説教、短くすんじゃった。ありがとアンネ」


今日のアンネは悲しそうだ。なんだか話したくもなさそう。

「どうしたの」って、遥香が声をかけた。

アンネはしばらく黙っていたが、

「ママは私を理解しようとしない……。それに、もっと悲しいのは、私もママを尊敬できないこと……」

アンネの目に涙が浮かんでいる。

「何があったの、ねえ話して」

遥香が言うとアンネは小さくうなずく。

すると、また劇みたいに場面がするっと変わり、どうやら遥香の部屋はアンネたちの居間になったらしい。

いつものことながら不思議。遥香は観客だ。


アンネは手に美しい装丁の本を持っている。

「アンネ、その本は私が読んでいたのよ。返してちょうだい」

突然、マルゴーが走ってきて強い口調で言う。

「待って、すぐ返すから……。この本の挿絵、とってもきれい！」

「あなたが読むのは私がすんでからにして。ほんとにアンネは勝手なんだから」

いつになくマルゴーは怒ってる。めずらしい。

「アンネ、本を返しなさい！」

アンネのママだ。今日のママは厳しい感じ……。

「挿し絵があんまりきれいなので、ちょっと見せてもらっただけです。そんなに感情的にならなくても……」

「あなたはいつもそうです。いつでも世界の中心にいると思ってるみたいに」

「そんな……」

アンネ、つらそう。見ている遥香も自分が言われてるみたい……。

アンネのママは止まらない。上品な人って怒ると恐い。

「今はみんな堪えてるんですよ。自分より不幸な人が世界にはたくさんいます。その人たちのことを考えなさい」

「いつでもママは……」

と言って、アンネはちょっと言葉に詰まった。が、すぐにまっすぐママを見て言った。

「私はそういう考えには反対です」

その時、オットー氏が現れ、いつになく厳しい声で。

「アンネ、屁理屈はやめなさい。もし、マルゴーが自分の本を横取りしたら、どれだけぶうぶう言うと思ってるんだ！」

アンネはうなだれていたが、マルゴーに「ごめんなさい」と小さい声で謝り、本を返した。そして、走ってどこかへ消えた。

アンネは今遥香のベッドに座り、淋しそうにパンダの縫いぐるみを抱いている。

遥香は何か言おうとしたが、うまく言葉が出ない。それで、

「今のシーン、消えろって、消しちゃったほうがよかった?」

と聞いてみた。

アンネは「いいえ」と答えたが、その後何も言わなかった。

そして、しばらくして、ぽつりぽつり話し出した。

あれから、ママが私の所へ来たの。

そして、私がママの考えに反対と言ったのはどういうことかって聞かれた。

ママの考え方は、いつも世界中のあらゆる不幸のことを考え、それと無縁でいられることに感謝するべきだというの。

私たちはこうして隠れ家に住んでいられる。その間にも、多くのユダヤ人が殺され、世界中の多くの人たちが戦争で死んでいる。そのことを片時もわすれてはいけないと。

それは私にもわかっている……。でも私は、だからといって、つねに自分を抑えて我慢

しろというのは納得できない。ママの考えだと、今まさに不幸の中をさまよっている人は、どうすればいいの。お手上げじゃないかしら。

私はどんな時でも、どんな不幸な中でも、自分のなかに美しいもの、幸福をつかまえたい。隠れ家のこの瞬間も、私にはかけがえのない時間。納得のできる意味ある時にしたいの……。

遥香は正直、アンネの考え方が正しいかどうか、よくわからない。

遥香などより、ずっと高いところでアンネは苦しんでいる。でも、わからないなりに、激しく刺激されるものがあった。

じゃあ、学校に行けない遥香の今はどうなの。

このクズみたいな時間もかけがえのない時間なの……。アンネに聞いてみたくなった。

でも、遥香は別のことを聞いた。

「それで、ママはどうだった？」

「あなたのその立派な理屈が、わがままの弁解にならないことをいのります」……そう言ってママは帰っていった。私に顔をそむけていたけど、ママもひどく傷ついてるのがわかった。

そのことが私には、とても悲しかった……。

アンネは耐えるように黙った。しばらくして顔を上げた。

「どんなに悲しくても、私は事実から逃げない。誰もわかってくれなくても、堪え忍んでみせるわ」

「アンネは強いね」

「強い？　泣き虫の私が？」

「うまく言えないけど……。いつも戦ってるって感じがする」

「さっきは確かに私が悪かったわ……。でも、ママはずっと私を嫌っているの、それが悲しい。マルゴーはママのお気に入り。猫っかぶりの優等生だから」

遥香はアンネのパパのことも気になった。

さっきのパパはアンネに厳しかった。やさしいパパだと思ってたんだけどなあ、意外……。

「ママのことを悪く言うと、パパはとても冷たくなるの。パパもだんだん遠くなっていく……」

「私のお父さんなんて、離婚して出てったんだよ」

言ってから、遥香はしまったと思う。アンネを慰めようとして余計な……。

「遥香も悲しい思いをしたのね。両親の片方がいなくなるなんて考えられない」

お父さんのことなんて……。

この話題変えなきゃと思いながら、遥香はつい続けてしまう。

「小さかったから、お父さんのことあんまり覚えてないの……。たぶん、私のお父さん、やさしかったと思う。叱られた記憶、なんにもないもん」

そう言って、遥香はアンネが抱いてるパンダを見た。

「そのパンダの縫いぐるみ、お父さんが買ってくれたんだよ」

腕の中のパンダを、アンネもあらためて眺める。

よく見ると、パンダのところどころにホコロビがある。それをきれいに繕った跡が……。

遥香が縫ったんだ、とアンネは思う。

「お父さんと二人で動物園に行った時、パンダの前で写真撮ってもらったの。写真出来てきたら、パンダが入ってなくて人の頭ばっかり。お父さんのドジ……。私泣いちゃった。そしたらね。すぐに、その縫いぐるみ買ってきてくれたの……。お父さんが出てったのは、そのすぐ後……」

「お母さんは、お父さんのこと話さないの?」

「なんにも話さない……。お母さん、きっとお父さんを嫌いになったんだと思う。会社やめちゃったり、頼りないところあったから。やさしいけどね……。私も、お父さんのことは話さないようにしてるんだ。お母さんが不機嫌になるから」

「遥香はやさしいね」

とアンネは言う。

でも、それは違う、やさしいとかと関係ないと遥香は思う。

それしかできないからそうしているだけ。

「私は、ちょっとでいいからアンネの勇気が欲しいな」

するとアンネは、

「私は自分に勇気があるなんて思ったことはないわ。ただ自然のままでありたいとは思うけど」

「自然……？　自然かあ。うーん……」

何となくわかる気もするが、遥香にはやっぱり難しい。考えてしまう……。

そして、聖ニコラウス祭でのアンネのプレゼント。あの詩の一節が頭に浮かんできた。

あなたはあなたのままで
万物はすべてあるがままで

希望に輝き、幸福の光に包まれる日がきっとくる

「あなたはあなたのままで……」とつぶやいてみた。

気がつくと、アンネはもういない。

パンダの縫いぐるみだけが、ベッドに行儀よく座っている。

自分の部屋の見えないところにアンネたちがいる。そう思うと、不思議でもあるし、なんだか愉快だ。

遥香はぼんやりと部屋を見回した。

そして、頭上の壁にある重たい存在に目が留まった。

その日の夢に、魔女のパウラが出てきた。

聞いていた通り、目は吊り上がり、口は大きく、耳もとがってる。まつげなんて針金みたい。すごい顔……。でも、見ようによっては楽しい。

パウラは遥香に手を差し出した。

そのとたん、パウラの背がスルっと伸びた。遥香と同じくらい。手はほっそり……。

どうやら、踊ろうって言ってるみたい。

「私、踊れないよ」って言うと、パウラは首を振って遥香をにらみつける。

恐る恐る出した手を、パウラはグイッと引っ張って、滅茶滅茶に踊り出す。強い力に引きずられ遥香はどうしていいかわからない。とにかくパウラに身をまかせた。

しばらく部屋の中をぐるぐる回っていたが、どこでどうなったか、遥香たちはもう空にいる。踊りながらぐんぐん上へ上へ、宇宙の果てまで行っちゃうみたいに……。

ねえ、どこまで行くのって、遥香が聞こうとした時、パウラがぱっと手を離した。

「落ちるー！」って叫んで、遥香は目を覚ました。


お母さんが部屋に来た。いつものように夕食準備の前。

ドアを開けて、お母さんはドキッとした様子。

「遥香、またお昼食べてなかったわね……。どうしたの、顔色もよくないし」

「私、元気だよ。今すごく楽しいんだ」

お母さんの顔が白くなった。不安や怒りを感じるとお母さんはこうなる。

「おかしくなってる……この子」

壁の上の方を見回して、

「壁に飾ってあった賞状や絵はどうしたの？」

「ちゃんと部屋に置いてあるよ。ちょっと模様替え」

お母さんは黙った。明らかにショックを受けてる。

さらに遥香の口から、自身にとっても意外な言葉が出た。

「お母さん……もう私に期待しないで」

お母さんは息をのんだ。言ってることが理解できない……。

「もう、ほっといて。ねっ、お願い」

遥香は重ねて言った。今まで心で思っても、絶対に言わなかった言葉。

「なに言ってるの……。ちょっとぐらい学校に行ってないからって、あきらめちゃだめ……」

動揺しながら、お母さんは必死に説得しようとする。

「私は将来、小説家にも画家にもならないよ。だって、別になりたいとも思ってないから」

いったん言ってしまうと、腹が据わって妙に冷静になってきた。

自分でも意外……。

「何言うの。作文でもお絵描きでも、あんなに誉められて賞状もらったじゃない。遥香、あなたには才能があるのよ……」

「才能？　あんなの……お母さんが一緒にやってくれたからできただけ……。私の力じゃないよ」

小学校の学年が上がる頃、読書コンクールや絵画コンクールといったものを意識するようになった。どちらかというと、遥香よりお母さんが……。

この頃、お母さんは超忙しかった。

いろんな資格に挑戦していたらしい。キャリア・ウーマンを目指して。

「私は学歴がないから」お母さんの口癖。それともう一つ「やればできる！」

家に帰ってきて食事が終わると、お母さんは毎日夜遅くまで難しそうなお勉強。

お母さん、大丈夫かなって思うくらい。

ただ、どんなに忙しくても、コンクールの時だけは別。

ぜったい遥香と一緒にやる。そして、お母さんの言う通りやると不思議に入賞した。

周りの目が変わる。

遥香は嬉しかった。正直ちょっと自慢にも思った。

でも高学年になると、苦痛に思うことが増えてきた。

誉めてもらえるものが、なかなかできない……。

自分の思うようにできないと、お母さんはイライラして怒りっぽくなる。

それでも、遥香は頑張った。

お母さんが喜ぶから……。

なんとか頑張って、コンクールに入賞した。

なんとか……。


「学校へ行ってないから、そんな気持になるのよ。今からだって頑張れば取り戻せる。遥香、簡単に夢をあきらめないで……」

「夢？　別に夢じゃないよ、あんなの……。ほんというと、別に好きじゃなかったんだ。疲れちゃった、そういうの」

ひどいこと言ってる、私ひどいこと……。

遥香は心の端でそう思っている。でも、もう引き返せない……。

「楽しいって言ったじゃない……」

お母さんの声は小さい。

「お母さんが喜ぶからよ……。ねえお母さん、保険の仕事って楽しい？」

「急になにに言いだすの。楽しいとか楽しくないとか……」

「生活のためだよね。わかってる。本当はもっと違うことしたかったんでしょ。お父さんもいなくなったし……私を育てなきゃいけないから、あきらめたんだよね。でも、私を身代わりにするのはやめて……」

お母さんは、遥香をにらんだまま、しばらく黙った。

そしてその後、絞り出すような声で言った。

「まだ子供のくせに、何もわかってないくせに……。偉そうな口、きくんじゃないの。都合のいい理屈をつけて、けっきょく逃げてるだけじゃないの。落ちこぼれになって、あとで後悔したって、お母さんは知らないからね」

「とにかく私のことはほっといて。もう少し、このままの時間が必要なの」

言った後、遥香は急に悲しくなった。

でも、もう遅い……。

「勝手にしなさい」と言うなり、お母さんはバタンとドアを閉めて出て行った。

遥香はパンダに語りかけるように言う。

「すごいこと言っちゃった……。自分でもビックリ。言いすぎちゃったな。これから、どんな顔してお母さんに会う？　でも……もう戻れないよね」

そうだ。アンネ、見ていてくれた……？

どう思った？

壁に語りかけたが、アンネは答えない。

でも遥香には、アンネが微笑んだように思えた。


あれから、お母さんと冷戦状態が続いている。

夕食は一緒に食べる。

でも会話はない。今まで以上に気まずくて……。でも、仕方ない。

お昼もちゃんと作ってくれている……。お母さんは、大人のプロだ。

だから、遥香もできるだけ食べるようにしようと思う。


アンネとちょっと話した。

前から聞いてみたいって思ってたこと。

アンネたちは私の部屋、すなわち隠れ家……で、何をしているの？

「あの二年間を、反芻しているの」

と、アンネが答えた。

「ハンスウ？　隠れ家での生活のこと？」

「そう……。繰り返してるのよ」

わからない。そんなの、なんの意味が……。

「奇跡が起きるのを待つため」

「だって結局、アンネたちはみんな捕まって……」

その後を遥香は言いたくない。だから違うことを聞いた。

「同じことを繰り返したって、おもしろくないよね。どうせなら、もっとましな隠れ家生活に変えてみたら……」

「死んだ人間は、自分の運命は変えられないの。そこが遥香たちと違う……」

アンネ、ちょっと淋しそう……。

「私たちはひたすら、あの生活を繰り返す……。世界中に隠れ家を求めて。私たちを呼んでくれる人を求めて……」

「でも、結局最後は……」

「いいえ。奇跡は起こるわ。それを信じなくちゃ」

遥香もうなずくことにした。そうでないと、アンネたちがあんまりかわいそうな感じ……。

「希望は捨てちゃいけないわ」

と、アンネが言う。

「希望」って言葉……。アンネの口から出ると、この言葉も今までと違う印象を受ける。

遥香は、「希望」という言葉がちょっと好きになった。


「聴取者の皆さん、今から一時間十五分前、イタリアが連合軍に降伏したというニュースが入りました。イギリス軍はすでにナポリに上陸しております。ドイツのヒトラーはイタリアのバドーリオ首相と国王の裏切りによるものと激しく非難しており……」

遥香の部屋に、八人が勢揃い。

大きな机の（遥香の勉強机ではない）真ん中に置かれた古いタイプのラジオを囲み、耳を傾ける。

アンネが、イギリスBBC放送だと教えてくれた。

そんな放送、聞いたことないけど……。

「イタリア解放だ！」

「これで連合軍の上陸作戦はいよいよ近くなりました」

「するとオランダの解放ももうすぐね」

口々に喜びの声。

アンネが遥香に告げる。

「アメリカが加われば戦局は変わるわ。きっと戦争はもうすぐ終わる」

アンネの弾んだ声を遥香は複雑な気持で聞く。

「よかったね」

と、一応みんなに合わせる。水を差す必要はない。

「でも、そんなにうまくいきますかな」

懐疑派のデュッセル氏。

「オランダのドイツ軍はちっとも減ってないじゃないの」

悲観派のファン・ダーン夫人。

「悪いほうにばかり考えるのはやめろ!」

ファン・ダーン氏が怒鳴る。ごりごりの楽観派だ。

「だって、オランダの状態は悪くなる一方よ」

「黙れ!」

ファン・ダーン氏が再び怒鳴った時だった。

突然、ドアをたたく音がした。

凍りつく住人たち。

遥香にもノックの音は聞こえている。

お母さんは仕事に行っている時間なのに……。

「秘密警察！」

「どうして……」

「早く、ラジオを隠して！」「机も……」

住人たちはパニックになりながら、いっせいに部屋の隅に固まる。

遥香は、恐る恐るドアに近づいた。

ドアをそうっと開ける。

そこに立っていたのは……お母さん！

そしてもう一人。見知らぬお婆さんが一緒。


「驚かしてごめん。急な事情でしばらく北村のおばさんを預かることになったものだから……」

お母さんは早口でこう言うと、北村のおばさんという人を遥香に紹介した。

この人が、北村のおばさん……。

おばさんって言っても、遥香からみるとお婆さん。

体も小さく痩せている。おどおどしていて……。急に知らないところに連れてこられたのだから、無理はない。

でも、どこか上品でやさしそうな人、と遥香は感じた。確か八十代って聞いた……。

おばさんはあたりをキョロキョロ眺めるだけで、ひと言も言葉を発しない。

どうやら住人たちのことは見えてないみたい……。

よかった。心の中で遥香は思う。

住人たちは息を殺して見守っている。

その気配が、ひしひしと遥香に伝わってくる。

「施設に預かってもらうにしても時間がかかるし、おばさんをこれ以上一人にしておけないし……。福祉の方たちと相談して、とりあえず私のところに預かることにしたの」

やっぱり……。お母さんは決断すると行動が早い。

「遥香に相談する間がなくて悪いけど、しばらくおばさんと同居することになるから。遥香もよろしくね」

遥香は「うん」と答えた。

でも私、何にもできない。どうすればいいんだろう……。

「心配しなくていいのよ。寝るのは私と一緒でいいし、昼間はリビングで過ごしていただくことになるから」

お母さんはちょっと声を小さくして、

「このあいだも話したけど、おばさん、認知症……。耳も遠くなってるの。でも、どっかへ行ったりはなさらないからね」

そして、珍しく遠慮がちに、

「できれば遥香に、お昼を一緒に食べてもらえると有難いんだけど……」

できるかな……。

遥香は不安だったけど、また「うん」と答えた。

「あ、そうそう。あなたの紹介をしてなかったわね。おばさん、娘の……」

お母さんが遥香の名前を言おうとした時、突然おばさんが言った。

「小夜子ちゃん……。変わらないねえ」

「いやだ、小夜子は私。この子は娘の遥香ですよ」

お母さんが笑いながら訂正する。

「おやそうかい……」

それでも、おばさんは腑に落ちない様子。

「じゃ、おばさん。リビングに行きましょう。テレビもありますから」

お母さんが誘ったけど、おばさんは動こうとしない。

「あたしはここがいいよ。小夜子ちゃんと一緒がいい」

お母さんは困った顔をして、遥香の方を見た。

「遥香、しばらくここにいてもらってもいい？」

「いいけど」と遥香は答えた。けど……住人たち、だいじょうぶ？

「じゃお願いね。お母さん、また仕事に行ってくるから……。そうそう、おばさんの座布団を用意しなきゃ」

お母さんは座布団を一つ持ってきて、ベッドのそばに置いた。

そして急いで出て行った。

今日、やっとお母さんとまともに話した。よかったと遥香は思う。

おばさんは行儀よく座布団に座る。

しばらく部屋を見回していたが、

「小夜子ちゃん……学校に行ってるの？」

ぼそりと、おばさんは言う。

遥香はドキッとした。このおばさん、遥香のこと知ってるの？

そして、すぐに気づいた。

この人、また遥香をお母さんと間違えている……。

「おばさん。私は、ハ・ル・カ……。小夜子は母ですってば」

おばさんは答えない。聞こえてないみたい。

それにしても、「おばさん」は変だ。さっきから気になっていた。遥香から見ると、年が違いすぎて感じが出ない。

「お婆ちゃんって呼んでいいですか？」って聞いてみた。

どうやら小さくうなずいたように思った。

私は「お婆ちゃん」と呼ばしてもらおう。遥香はそう決めた。

「おや……ほかにも誰かいるのかい？」

ぼそっと言う。

「えっ？」

「気配がするねえ……」

わかるの……？　遥香はまたドキッとした。

でもその後、お婆ちゃんは黙ってしまった。言ったことも忘れてるみたい。

座ったまま、居眠りを始めた。

気にすることなさそう……。遥香はほっとした。

部屋の隅に隠れていた住人たちが、いつのまにか戻ってきた。

「また、一人増えましたな」

「ますます狭くなるわ」

「仕方ありません。なにしろヤドカリですからな」

「秘密警察でなくてよかった」

口々に言う。

「このあいだもドアの近くで金づちの音がして……」

ファン・ダーン夫人が恐そうに言う。

「あの時も、心臓が止まりそうでした……」

と、アンネのママ。

「大工さんがドアの向かい側を直しただけってわかったから、ほっとしましたけど」

突然、デュッセル氏がお婆ちゃんの方を見ながら、アンネに聞いた。

「ところで、この方はその……。私たちのことを感じているんでしょうかな」

「さあ、どうでしょう」

とアンネは答え、遥香の方を見た。みんなも一斉に遥香を見た。

遥香は困惑した。遥香もこう言うしかない。

「さあ、どうでしょう……」


『私は思います……私の中に春がいて、それが目覚めかけているのだと。全身全霊でそれを感じます。普段通りにふるまうのには、ちょっとした努力が必要です。すっかり頭が混乱して、何を読んだらいいのやら、何を書いたらいいのやら、何をしたらいいのやら、さっぱりわかりません。わかっているのはただ、なにかにあこがれているのだということだけ……』


いつものように、ベッドに遥香がいて、机で勉強するアンネを眺めている。このかたちが今の遥香には一番落ち着く。

お婆ちゃんはリビングにいるみたい。後で見に行かなきゃと思っている。

そこに、ジャガイモの箱を持って、ペーターが通りかかった。

「アンネ、この時間なら数学、だいじょうぶだけど」

ペーターがアンネに話しかけるって珍しい。やさしい声。

「ありがとう。すぐ屋根裏部屋にうかがいます」

アンネの声も弾んでいる。

屋根裏部屋⁇

「ペーターの部屋の上よ。このあいだから、ペーターに数学教わるようになったの」

なんか今までと違ってるよ。この二人……。

「ペーターってどんな人？」って、聞いてみた。

「はじめは面白みのない退屈な子って印象だったけど、それは私の完全な理解不足。今では、親切な数学教師兼、素晴らしい話し相手」

素晴らしい……。アンネの言い方って、いつも正直で、あっけらかんとしてる。よかったね。アンネの貴重な味方ができたんだね。遥香は素直にそう思う。

「味方？　それ以上の人です」

じゃ、二人はカップル……！

「はいはい。ごちそうさま」

遥香は思わず笑いながら言う。

そしたら、ちょっとアンネの表情が曇った。そして小さい声で、

「でも、マルゴーには悪いことをしたかもしれない……」

「どうして？」

「今までてっきり二人が……。二人はお似合いだし」

マルゴーと……。そう言えば遥香もそんな感じがした。愛は複雑……。

「それに、大人たちは、私たちをまったく歓迎してないの……」

そう言った後、アンネは急にいたずらっぽい顔になった。

「ねえ遥香。私の大切な時間を消さないでね」

「ようし、消しちゃおかな」

二人は同時に笑った。

アンネの話によると、ペーターは前からアンネをうらやましく思っていたのだと言う。口下手ですぐ舌がもつれちゃうペーターは、気軽に口がきけない。口ごもったり赤面したり……。

だから、言いたいことを的確に言えて、ちっともはにかんだりしないアンネに感心していた。自分もアンネみたいになりたいと思っていたのだと……。

「私だって、言いたいこととは全然別のことを言っちゃうし、おまけにしゃべりすぎちゃうんだけどね」

と、アンネは苦笑しながら言った。

「私もアンネがうらやましい。ペーターの気持、よくわかる」

遥香が言うと、アンネはちょっと嬉しそうにした。そして突然、

「遥香にはいないの？」

と聞いた。

「なにが？」

「男性の、特別な友達」

「私なんて、つまらないし……」

遥香は本当にそう思う。私なんて……。

「そんなことないわ。遥香はやさしいし、話していて楽しい。そのうちきっと、運命の人と出会う。きっと……」

「ありがとう……」

期待できないけどね……という言葉を飲み込んで、遥香はこの会話を切り上げた。

さっきから、ペーターが屋根裏部屋で待ってるもんね。

遥香は今まで、男の子のことなんか考えたことがなかった。問題外。

でも一人だけ、心に残っている男子がいる。村木君……。

二年生になって、遥香は図書委員になった。

図書委員は嫌じゃなかった。

書架を回って本の整理をしたり、本の貸借の事務を行う。これは、けっこう自分に合っている仕事だ。

図書室の開館時間は昼休みと放課後の二回。

一学期は二年生が担当する。週に一回、図書委員二人がカウンターに詰める。

昼休みは利用者の数もまずまずだが、放課後になるとほとんどいない。みんな急いで部活に行ってしまうから、がらんとしている。

それでも、本の返却や借りたい人が少しは来る。それで、当番の図書委員は40分間図書室にいることになっている。

遥香と一緒に当番になったのは、村木源という男子。源はゲンと読む。面白い名前……。

遥香とは違うクラスの子だ。

村木君は陸上部に所属している。長距離の選手らしい。

背はひょろっとしていて、顔も縦に長い。目が細く、笑うと目尻が下がりがちになって、ちょっとかわいい。

グラウンドを黙々と、無表情に走ってる姿を時々見かけた。

いつものことだが、遥香は、男子といると気づまりになる。話すことがなくて相手も困ってるだろう……。そうと思うと、よけい遥香の方がぎこちなくなってしまう。

でも、村木君は違った。

まったくのマイペース。

黙々と書架を回り、本の整頓をする。村木君のやった後はみごとなものだ。ビシッとしていて……すごい、几帳面！

二人の間でなんとなく分担が決まっていたが、村木君のやった後を見て、遥香はいつも心の中で感動した。

それが終わると図書カードの点検。それもこれも手早く済ませる。

後はカウンターの中で読書。傍に遥香なんかいないみたいに。

だから、遥香は村木君といるのは気楽だった。

ある時、読みさしの本をカウンターに置いたまま、村木君は書架に行った。

どんな本、読んでるのかな。

遥香はちょっと興味をそそられて、村木君の本を裏返してみた。図書室にある文庫本だ。

『人間失格』……太宰治。
へえーっ。村木君、こんなの読んでるんだ……。
この本、前にお母さんに読んだらと勧められ、一度目を通したことがある。
内容がめちゃめちゃ暗くて重い。
恐いものにぐんぐん引き込まれていくみたいで、読むのを途中でやめた。
この本、私にはまだ早いのかな……と感じた。
村木君が帰ってきた時、遥香はちょっと話したくなった。
「村木君、ダザイって面白い？」
わりと、スラッと聞けた。
村木君は本に目をやったまま。遥香の方を見ないで、
「ああ」
とだけ答えた。
しばらくして、「俺、ダザイの本、全部読んでやる……」
と、独り言のようにつぶやいた。そして、
「宮下、このこと人に言うなよ」
ぼそっと言った。（宮下は遥香の苗字）

「人に言うな」と言ったわけを、村木君は説明しなかった。だけど、遥香にはわかる気がした。

人には見せない村木君の隠れた世界。ちょっとだけ覗いたように思った。

その後、遥香は6月ごろから学校に行けなくなった。

だから、村木君にも会っていない。

時々、村木君、太宰の本全部読んだ？　と聞きたくなる。

遥香の学校の思い出は、色にすると、ほとんどグレー。

でも、あの日の村木君の思い出は、明るい水色に包まれている。


お昼を北村のお婆ちゃんと一緒に食べた。

お昼は二人分、お母さんが作っておいてくれる。遥香はお茶だけ入れる。

このところ、遥香はお婆ちゃんとリビングで一緒に過ごすことが増えている。

アンネはペーターとうまくいってるみたい。めったに姿を見せない。

屋根裏部屋でのデート。邪魔しちゃ悪いもんねって遥香の方も思う。

時々、お婆ちゃんは変なことを言う。

一緒にお昼食べた。そのすぐ後に「お昼はまだかい？」って聞く。

「北村のおばさん、病気なんだから」って、お母さんに言われているから、遥香はできるだけまじめに「今食べましたよ」って答える。

そうすると、お婆ちゃんは不思議そうな顔をして「そう……？」と言う。

その表情がすごくかわいい。かわいいなんて年上の人に失礼かもしれないけど……。

お婆ちゃんは、テレビは一人では観ない。

たいてい『サザエさん』か『いじわるばあさん』を読んでいる。お母さんが買ってきて、リビングのソファーに置いたのだ。

一人でクックッと声を出して笑っているので、遥香は最初ドキッとした。

漫画だとわかってホッ。

遥香も恐る恐る手に取ってみた。

よかった……。頭は痛くならないし、吐き気もない。

一緒に読みながら、遥香もクスクス笑ってしまう。クセになる面白さ……。

と思うと、お婆ちゃんは突然ものすごくまじめな顔で小さい頃のことを話し出す。

戦争の頃の話……。

「疎開」って言葉が出てくる。「空襲」って言葉も。

小さい頃、田舎の親戚の家に預かってもらった。そして、そこでいっぱいいっぱい嫌なことがあったらしい……。

ある時、横浜方面の空が真っ赤に染まって見えた。そこは幾つも幾つも山を越えた、横浜からうーんと離れたところだったのに。

お婆ちゃんの家は横浜にあった。

横浜が空襲で燃えちゃった。学校も燃えた。お婆ちゃんの家も燃えた。何もかも……。

お婆ちゃんの話はあちこち飛ぶ。

だから、工夫して聞かないと意味不明なことが多い。

でも、遥香の知らないことばかりで、もっと聞きたいなと思うことが沢山ある。

お母さんのお母さん、だから私のお祖母ちゃんの「幸恵」っていう人のことも、そのうち聞きたい。お婆ちゃんの調子のいい時に……。

昼過ぎにリビングから部屋に戻った。

めずらしくアンネが来ている。

最近のアンネ、遥香が呼ばなくても来ることが多い。

今日のアンネはとても嬉しそう。顔が輝いている。

「マルゴーのことだけど……」

アンネが話し出す。

アンネとペーターが親密になったことを、実はマルゴーはとても喜んでいた。

「ペーターには、あなたのように自分をはっきり主張できる人がふさわしい。私だって、あなたをうらやましいって思う時があるもの……」とまで言ったらしい。

遥香も覚えているでしょ。天使のパウラと魔女のパウラ……。

マルゴーはそのことをよく覚えていて、あの時のアンネに、恐れとうらやましさを感じていたのだと言う。

マルゴーは成績も優秀で、優しくて、ママの自慢の子供だった。アンネはそう思っている。でも、マルゴーはアンネに、

「あなたはいつでも学校の人気者。それに試験問題を当てる天才だった」

でも、ママはそれも気に入らなかったみたい。とアンネが言うと、

「あなたはいつでも生き生きしていた。この隠れ家でも一番生き生きしているのはあなたよ。ずっと、今のままのアンネでいてね」

マルゴーのこの言葉、とってもとっても嬉しい……。話しながら、アンネは涙ぐむ。

よかったね、アンネ。本当に。

遥香は自分のことみたいに嬉しくなる。

アンネはみんなから孤立してる。遥香はそう感じていた。けど、そうじゃなかった。

マルゴーもペーターも、若い人たちはアンネのことをわかっていた。アンネをそんなふうに見てたんだ……。

今日は遥香にも、すごく嬉しい日になった。


『あれは夜の十時でした。パパとファン・ダーンおじさんが緊張した声で4階に来るように言いました……』


その日の昼過ぎ、お婆ちゃんが部屋に来た。

時々、私が部屋にいることを思い出すらしい。

お婆ちゃんと私が部屋を出入りしても、住人たちは平気みたい。思うに私たちは、あの人たちの想定内ってこと？

お婆ちゃんはいつものように座布団に行儀よく座って、すぐに居眠りを始める。

今日の住人たちは一か所に固まって、とても不安そう……。

これまでにない緊張感が漂う。

気のせいか、アンネの顔の色も白っぽい。

「明りを消して。警察が来るかもしれません」

オットー氏が厳しい声で言う。

住人たちの時間、今は夜中なんだ。と遥香は思う。

「いったい何があったの」

「手っ取り早く説明して」

不安そうな女性たちに何やら指示を出して、男性たちはどこかへ消えた。

遥香はアンネに声をかける。

「何があったの。ねえ、アンネ……」

しかし、アンネは何も答えない。遥香の声はアンネに届いていない？

お婆ちゃんが、ふっと顔を上げて遥香の方を見る。

「誰かいるのかい？」

「アンネが……。でも、答えてくれないの」

お婆ちゃんは一瞬キョトンとした顔をした。

「アンネって……。アンネの日記の……。あの、アンネかい」

遥香がうなずくと、お婆ちゃんは何かを思い出すみたいに、

「小夜子ちゃんが大切にしてた本……」

「えっ？」

お婆ちゃん、言ってることがわからないよ……。遥香が聞こうとした時、住人の男性たちが戻ってきた。

「下の倉庫に泥棒が入った。……僕が音を聞いて、みんなで下に行ったら泥棒は慌てて逃げたけど……」

ペーターが心を落ち着けながら話す。

日頃はおとなしいが、今日はさすが男の子。頼もしい感じ。

倉庫の羽目板を破られたので、みんなで目立たないように修理していたら、そこに運悪く夫婦連れが通りかかった。

あの人たちはきっと警察に通報するだろう。警察は必ずやってきて、ここも調べるに違いない……。

このシーン……。数日前に読んだ、日記のあの部分。
遥香は思い出した。同じシーンを読んだ。
だいじょうぶ……。アンネたちは助かる！
このところ、遥香は日記の内容が少しずつ頭に入るようになっていた。
だから、だいじょうぶ。
でも、アンネたちは日記をハンスウしているだけだから、そのことに気づかない。
はやく教えてあげなきゃ。
心配しなくていいよ、アンネ……。
でも、遥香の声はやっぱりアンネたちには聞こえない。
遥香は変なことを思い付く。
アンネの言ってた奇跡が、もし悪いほうに起こったら……。
そんなことだって、起きるかもしれない。そしたら……。
遥香は不安になってくる。

「ずっとこのまま動けないから、今のうちにトイレをすませておきましょう」
オットー氏が静かに話す。この人はいつも冷静な感じ。

「トイレって、どこにするの？」とアンネ。

ここにはバケツもない。

ペーターの持っているブリキの屑物入れを使うことになった。

「そんな恥ずかしいこと……」

アンネのママはいやがったが、そんなことは言っていられない。

一人ひとり交代で、部屋のどこかへ消える。

「大丈夫よ、ママ」

アンネに励まされ、最後にママがためらいながら消えた。


自分の部屋のどこかで用を足しているのかと思うと、遥香は変な気持。

でも、そんなことを言っていられない状態。恐怖は遥香にもひしひしと伝わる。

「アンネ、こたえてよ、アンネ……」

遥香の呼びかけは、アンネたちに届かない。

「お婆ちゃん、アンネは答えてくれないよ。どうしよう……」

何かを感じたのか、お婆ちゃんは遥香の肩にそっと手を置いた。

「寒い……」

アンネとマルゴーのつぶやきが聞こえる。互いに身を寄せて、あり合わせの衣類を配っているが……。

遥香は自分の毛布やマフラーを与えようとした。

だが、見えない壁に跳ね返されるように彼らに届かない。

「近づけない……。アンネが遠くへ行ってしまう」

アンネたちの姿が、だんだん透き通って薄くなっていく。消えてしまいそう……。

お婆ちゃんの手が、子供をあやすみたいに遥香の肩を静かに動いた。

「きっと、怖くて心が閉じてしまったんだ……。そういう時は、じっと見守ってあげるのがいいんだよ。心で祈りながらね」

遥香は祈るように目をつぶった。


『私たちは、お互いの体の震えを感じ合いながら、朝までの恐ろしい時間を過ごしました。私はペーターの横でじっと聞き耳を立てて、時々小さな声で話しました……。私は、

本当に死ぬ覚悟を決めました……』


住人たちの時間は遥香にはわからない。

でも、どうやら朝が来たようだ。彼らの気配でそれを感じる。

住人たちを包む空気が明るくなった。

依然として寒さと不安に震えているアンネたち。

一塊になった住人たちの姿はずいぶん遠くにかすんで見える。それは、遥香には妙に現実性の欠けた光景だった。

遥香のそばには、お婆ちゃんが同じ姿勢のまま眠っている。

お婆ちゃん、疲れてるよね……。早く向こうへ連れてって寝かさなきゃと思う。

でも、遥香は動けない。一人になりたくない……。


突然、住人たちの声がざわつく。悲鳴のようだ。

「誰かドアをたたいてる!」「警察だわ」「ああ神様!」

ドアをたたく音なんて遥香には聞こえない。どこのドア?

「もうだめです」「落ち着いて」など、切迫した声が入り混じる。

少しして、ファン・ダーン氏、ペーター、オットー氏の三人が立ち上がった。

そして、彼らは身構えながらどこかへ消えた。

とてつもなく長い時間……。遥香にもそう感じられた。自分の心臓の鼓動が聞こえるようだ。

やがて三人が戻ってきた。

オットー氏が明るい声で報告する。

「来たのは、私たちの仲間でした」

「よかった！」「もうだめかと思った」「神様！」など……喜びと安堵の声が入り混じる。

「でも、警察は本当にドアの前まで来たんですから」

とファン・ダーン氏。

「危機一髪でしたな」

「よく見つからなかった……」

溜息のような住人たちの声、声……。

「よかった！」

遥香も思わず叫んだ。

やっぱり日記の通り……。

「アンネ、アンネ……」遥香が呼ぶ。

すると、アンネが遥香の方を見た。

「ああ、遥香……」

アンネの頬にいつものバラ色が戻っている。声もはっきり聞こえた。

アンネが近づいてくる。

「よかったね。アンネ……」

「ありがとう。遥香」

二人は手を取り合った。

その時、お婆ちゃんが身じろぎをして、うっすら眼を開けた。

「お婆ちゃん、疲れたでしょう。ごめんね……」

遥香が言うと、お婆ちゃんは首を振った。

「あっちへ行って寝ましょうか」

お婆ちゃんは、小さい声で「ここがいい」と言う。

お婆ちゃんもずっと、アンネたちの無事を祈ってくれたんだね……。

遥香は胸が熱くなった。

とりあえずお婆ちゃんには、遥香のベッドに寝てもらうことにしよう。

「これからは、もっと気を引き締めないと……」

オットー氏が自分に言い聞かせるみたいに言う。

「夜の明かりが漏れたんじゃないの」とファン・ダーン夫人。

「寝る前に、丁寧に黒い紙を貼っています」アンネが答える。

「トイレの音は大丈夫なのかしら」

「とにかく、これからはもっと気を付けましょう」

住人たちは口々に話す。話すことで不安を追い払うように。

「本当にもう少しの我慢です。連合軍はもうすぐそばまで来てるのですから」

オットー氏の言葉にみんなホッとする。やっと雰囲気が落ち着く。

ちょっとしてから、ファン・ダーン夫人がぽつりと言った。

「奇跡は起こるのかしら……」

「おい、何を言うんだ」

ファン・ダーン氏の怒りを含んだ声。

「アンネの日記のお陰で、私たちはこうやって記憶をたどることができる……。でも、いつまでこんなことを……」

「じゃあ、他に何ができるというんだ」

二人を囲む住人たちにも、微妙な空気が漂う。

「とにかく奇跡を信じることです。みんなで、そう決めたじゃないですか」

オットー氏がきっぱり言う。

住人たちはうなずいた。そうするほかないという表情で。


「アンネの日記って、どうして残ったんですか？」

思わず聞いてしまった。

言ってから、遥香自身がドキッとした。

住人たちはハッとして顔を上げ、困惑の表情で遥香の方を見ている。

言わなければよかった？　でも、前から一度聞きたかった……。

アンネの日記は一九四四年八月一日で終わっている。

その後、恐ろしいことが起きた。住人たちに降りかかった悲しい事実……。

でも、日記は残った……？　どうして？

住人たちは黙っている。重い沈黙……。

その沈黙を破ったのは、オットー氏だった。

「あなたの疑問はもっともです。それを話すためには、あの時のことから話さなければなりません。思い出すのも恐ろしい、あの時……」

みんなうつむいている。

いつもは元気なアンネも……。

聞いちゃいけないことを聞いてしまった……。遥香はまた後悔した。

オットー氏は静かに話し始める。

一九四四年八月四日、私たち八人は、アムステルダムの隠れ家からナチスの秘密警察によって拘束されました。

その年の八月二五日、英米を中心とする連合軍はパリに入城する。パリは解放され自由はよみがえったのです。だがその頃、私たちは貨車に押し込まれ、オランダのベステルボルグ収容所に向かっていました。一面の青空、どこまでも続く草原や田畑……。

「見て！　牛があんなにたくさん。羊も……。ああ空気って、なんておいしいんでしょう」

アンネったら、まるで遠足に行くみたいだった……。マルゴーが口をはさむ。

どんな不幸の中でも、自分の中に美しいもの、幸福をつかまえたい。

アンネの言葉が、遥香の頭に浮かぶ。

きっと、アンネはみんなを励ましたかったんだ……。遥香は思う。

アンネはうつむいたまま、何も言わない。

一九四四年九月二日。新たな移動命令が出る。

家畜のように貨車に押し込められた私たちは、ドイツからポーランドに向かいました。

目的地に着いたのは、三日目の夜。

そこはユダヤ人の屠殺場、アウシュビッツ……。

アンネの母、エーディトは飢餓と疲労のため、ここで亡くなりました……。

一九四四年の十月ごろに、ファン・ダーン氏がガス室にて死亡。ガス室での集団殺戮が中止される直前のことでした……。

デュッセル氏は、一九四四年十二月二十日、ドイツのノイエンガンメ収容所に送られ、そこで死亡。

ペーターは親衛隊の将校に連れ去られ、一九四五年五月五日、オーストリアのマウトハウゼンの収容所にて死亡。米軍によってこの収容所が解放される、わずか三日前のことです。

アンネとマルゴーは、北ドイツの荒涼とした村ベルゲンに送られました。二人はここで、ファン・ダーン夫人と再会しますが、夫人はさらに別のところに連れ去られ、いずれかの場所で死亡。

一九四五年の冬から初春にかけて、流行していたチフスに感染しマルゴーが死亡。アンネは高熱の姉に付き添い看病したが、ついに力尽きて……。寒いドイツの空、めずらしく太陽が顔を出した日、高熱の体を引きずり外へ出て、もう帰りませんでした……。アンネ一五歳と九カ月。この強制収容所が英軍の手によって解放されたのは、姉妹の死からわずか一カ月余り後でした。

そして、私オットー・フランクは……。と言って、オットー氏はつらそうに息を継いだ。ただ一人、私だけが生き残った……。

処刑前に、ソ連軍がアウシュビッツを解放したのです。運がよかったというより他ありません……。

ここで、オットー氏は話を止めた。

誰も顔を上げない。硬直したような異様な沈黙。

この場を逃げ出したい、と遥香は思った。いたたまれない気持……。

でも、蓋を開けてしまったのは自分だ。

逃げるわけにはいかない……。


また、オットー氏が話を始める。

私たちが連れ去られた後、私たちを援助してくれた事務所の四人のうち、男性二人が逮捕され連行されました。

ところが、あとの女性二人は運よく逮捕を免れたのです。

私たちがいなくなった後、隠れ家を訪れた二人はアンネの日記を見つけた……。

なんという奇跡。

二人は、散らばった日記を丁寧に拾い集めました。

秘密警察がなぜ見逃したのか、理由はわかりません。神様が憐れんで、隠してくれたのでしょうか。

女性たちは、日記を誰にも見せず、大切に保管してくれました。

そして、戦後、アムステルダムに帰った私の手に渡ったのです……。

オットー氏の話は終わった。

誰も何も言わなかった。

遥香も、ただ茫然としてるだけ……。

しばらくして、突然ファン・ダーン氏が口を開いた。

「もう少しだったのに……」

悔しさが滲む……。

すると、他の住人たちも口々につぶやく。

「もう少しすれば戦争は終わった……」

「2年間も、つらい隠れ家生活に耐えたのに……」

「街を自由に歩きたかった」

「ショッピングもしたかったのに……」

「好きな勉強を自由にしたかった」

「友達に会いたい……」

「学会に出す論文はすでにできているのに……」

「どうして……」

「このままでは、あまりにも悔しすぎる……」

住人たちの嘆きは止まらない。尽きない呪いの言葉……。

オットー氏がまた話し始める。

「死にきれない八つの魂は宙をさまよい、凝り固まって一つになった。あの隠れ家生活を反芻すれば、いつか奇跡が訪れる……。やがて私たちはそう信じるようになった。きっといつか……。奇跡を求める私たちの旅は、こうして始まったのです」

住人たちの小さなつぶやきが聞こえてくる。

「隠れ家は、世界中いたるところにもあるわ」

「それに、私たちにはアンネの日記がある……」

「アンネを呼ぶ人が、世界に一人でもいる限り……」

「奇跡への旅は終わらない」

「もう一度」

「今度こそ……」

遥香の理解を超えた世界……。

前に、アンネの言った「奇跡」という言葉。そして、「ハンスウ」という言葉……。

ちょっとわかった気がする。

でも、やっぱり無理。シュールすぎる……。

今まで、黙っていたアンネが顔を上げた。

「きっと遥香には信じられないでしょう。でも、私たちは真剣なのです。奇跡を求める私たちの心は遥香にもわかってほしい」

それはわかる……。気持はわかるよ、アンネ……。

遥香の思いが通じたのか、アンネが微笑んだ。

「だいじょうぶです。きっと奇跡は起こります」

きっぱりしたこの話し方。アンネだよ……。遥香は思う。

アンネらしさが戻った……。

「みなさん、アンネの予言は絶対ですぞ。なにしろ、神様だってアンネにはかないませんからな」とデュッセル氏。

「まあ、ひどい！」

アンネが叫ぶと、みんなの中に笑いが生まれた。

「私もぜったい奇跡は起こると思う」

起こってほしい……。遥香の気持が思わず声に出てしまう。

みんなが驚いて遥香を見る。

「おやおや、預言者がまた一人増えましたな。これは参った……」

デュッセル氏のまぜっかえしに、住人たちの笑いはさらに大きくなった。


この本、お母さんのものだったんだ……。

リビングで、遥香は『アンネの日記』を手にしていた。

北村のお婆ちゃんは、今日は記憶の回路がずいぶん調子がいい。遥香の質問にぽつぽつ答えてくれる。相変わらず、遥香を小夜子と呼んではいるが。

「小夜子ちゃん、その本を持って家出したよねえ……」

家出……？　お母さんが？

「警察から連絡があって家に帰ったけど……。今度は部屋から出てこなくなった。ご飯も食べないし、心配したんだよ」

「お母さんが……。ほんとに？」

そんな話、初めて……。

「あれは、お父さんの再婚話が出た時だった……。幸恵さんが急な病気で亡くなって、二人でずっと頑張ってきたから、小夜子ちゃんには許せなかったのかねえ……」

「幸恵さんって、私のお祖母ちゃん？」

「なに言ってるの。小夜子ちゃんのお母さんじゃないか。私よりずっと年は若いけど、いい人だった……。幸恵さんは小夜子ちゃんのこと、心配してたんだよ。おとなしいけど、こうと決めたら曲がらない、恐いところがあるって……」

遥香は、うなずきながら注意深く話を聞く。お婆ちゃんの話の腰を折っちゃいけない。記憶が途切れてしまわないように……。

「お父さんから知らされて、川崎の家に行ったけど。小夜子ちゃん、痩せちゃって……。部屋の中でその本を睨むみたいに読んでた。死んじゃうんじゃないかと思ったよ……。それでまあいろいろあったけど、しばらく横浜の私の家で暮らすことになった。その後も、小夜子ちゃん苦労したねえ。頭のいい子だったのに……。けっきょく、お父さんが許せなくて家を出ちゃったから……。高校も、夜学に行って昼間は飲食店で働いた。私は昼間の学校を勧めたんだけどね。小夜子ちゃん頑固だから……」

「お母さんが……。知らなかった」

遥香がつぶやいた時、

「べつに隠しているつもりはなかったのよ」

後ろに、お母さんが立っていた。

小夜子が家出をしたのは、中学二年生の夏。

ちょうど昭和から平成に変わる、前の年だった。

半年ほど前から、お父さんが時々女の人を家に連れてくるようになった。

女の人は夕食を作ってくれた。料理の品数は小夜子よりずっと多い。見た目もきれい。さすがに大人だ。

でも、小夜子には女の人の料理はおいしくなかった。それに、その人はきれいでなかったし、やさしくもなかった。

今思うと、小夜子がそう思いたかったのだ。そうでないとお母さんに……。

女の人は、小夜子にいつも遠慮がちに話しかけた。

小夜子も短くそっけなく答えた。

この時間が早く終わってくれればいい……。それだけを願った。

お父さんは、こうしていれば自然に三人は新しい家族になると思ったのだろう。

ある晩、親子二人で外食をした。お父さんがめずらしく誘ったから。

嫌な予感がした……。

思った通り、お父さんは「秋になったら、あの人と結婚する。小夜子もいいよね」と告げた。

小夜子はなにも答えなかった。

それ以来、小夜子はお父さんとほとんど口を利いていない。

小学校三年生の時、小夜子の大好きなお母さんが死んでしまった。

でも、お母さんはいなくなったわけじゃない。いつも小夜子たちと一緒にいる。あの小さなお仏壇の中に……。

小夜子は学校が終わると走って帰ってくる。そして、お仏壇の前に座る。

今日一日の出来事をお母さんに話す。いっぱいいっぱい話す。お母さんはニコニコ笑って聞いてくれる。

小夜子の一番幸せな時間だった。

お父さんはお勤めがあるから、家事はほとんど小夜子がやる。

初めの頃は、北村のおばさんが来てくれた。

しばらくして、買い物も料理も慣れてきた。わからない時は、おばさんに電話で聞いたり料理本で調べたり……。

小夜子は、みんながやっている習い事や部活動などとはいっさい無縁だった。

毎日忙しかった。でも、嫌じゃなかった。

お父さんが勤めから帰ってきて一緒に食事する。お母さんも目に見えないけど、ちゃんと一緒だ。三人の生活……。

食事の後、お父さんと片づけをする。そして、お勉強。

中学二年生まで、ずっとこの生活が続いた。

でも、それはもう終わる。

小夜子はお父さんが許せない。違う人と結婚するなんて。どうして……。お父さんの裏切り者……。

小夜子は家事をしなくなった。

すると、あの女の人が家に来る回数が余計に増えた。

もう限界……。

八月の晴れた日に小夜子は家を出た。学校へは行かなかった。

私服で一人電車に乗った。

貯めておいた三千円と大好きな『アンネの日記』だけ持って。

『アンネの日記』は小学校高学年の時、女の担任の先生が紹介してくれた本だ。小夜子がこの本を読みたいって思って買ってもらった初めての本。

いつも、私を励ましてくれる本……。アンネの言葉は小夜子の心の底の方から寄り添ってくれる。つらい時や淋しい時に、いつもそばにいてくれる本だった。

いくつかの乗り換えをして新宿で降りた。

本屋で就職情報の本を探し、飲食店の求人案内を見た。

飲食店なら小夜子でも働けるかもしれない。

住み込みで働けるところを知りたかった。こんな大きな町なら、小夜子を雇ってくれるところがあるかもしれない。

小夜子は中学生としては大柄だし、私服を着ていれば中卒ということで通るかもしれない。それは何日か前から家で考えていたことだ。

いくつか目ぼしいところの住所と電話番号を手帳にメモした。それから、新宿の地図を買った。

大きな公園があったので、そこのベンチで地図に丸を付けた。

目をつけた飲食店をいくつも回った。だが、どこも相手にしてくれない。

どこでも保証人というのが必要だった。小夜子を不審がって警察に連絡しそうな店もあった。

中には、やさしく対応してくれる店もあった。でも、そういう店にかぎって、どこか怪しくて恐い感じがした。危険を感じて慌てて逃げたこともあった。

四日、五日と無駄に時間は過ぎていく。

夜は公園で過ごす。

恐いから夜は眠らない。人が来るのを感じると、すばやくそこから逃げる。神経が張り詰めて壊れそうになる。

朝になって明るくなると、ベンチに座ったまま寝た。暑いけど、安心……。

誰もいない時には芝生に寝たこともある。

向日葵が空を向いてギラギラ突っ立っていた。真っ赤なダリアが目に痛かった。

雨の日は、昼間はデパートで過ごし、夜は深夜喫茶というところで朝まで過ごした。

一杯のコーヒーで『アンネの日記』を読んだ。

変な人が小夜子の前に勝手に座ろうとして逃げたこともあった。

だんだん金が無くなってくる。

パンとサラダを少しずつ食べていたが、それも難しくなった。

疲れて動けない……。公園のベンチで、うとうとしながら過ごすのがやっと……。

体じゅうが垢まみれ。こんな姿で私は死んでしまうのかな……。小夜子は思った。

小夜子の目にお母さんの優しい笑顔がぼうっと見える。

そうだ、お母さんの所へ行こう……。

そうかと思うと、今度は口絵で見たアンネの顔が浮かんでくる。

「どんな不幸の中にも、自分の中に美しい物、幸福をつかみたい……」

どんな不幸の……。どんな不幸の……。どんな不幸の……。

アンネ・フランクの言葉がぐるぐる頭の中を回る。

十日目に小夜子は力尽きた。

急に目の前が真っ暗になって、ベンチから滑り落ちた。

公園にいた浮浪者がそれを見た。そして、近くの交番に知らせた。


「後は、だいたい北村のおばさんの言った通り」

お母さんの話し方って、ほんとに他人の出来事みたい。淡々として……。

でも、遥香は声も出ないほどショックを受けていた。

お母さんがそんなことを……。

「お父さんは捜索願を出していたらしいの。だけど、私は北村のおばさんの名前だけしか警察に言わなかった。連絡を受けて、すぐにおばさんが来てくれた。一週間ほど病院にいたけど、その後おばさんの家に引き取られた。五日ほど横浜のおばさんの家で過ごして、私が川崎の家に帰ったのは、その後……。しばらくして、心配したおばさんが川崎に来てくれた。そこのところだけ、おばさんの記憶、ちょっと違ってるみたい」

遥香は一つだけ、どうしても聞きたいことがあった。

「お父さんや……女の人は、どうしたの？」

「お父さんは何も言わなかった。そのときのことは一度も……。まるで、なんにも無かったみたいに……。女の人は家に来なくなった。結婚、あきらめたのね……。今思うと、お父さんにも女の人にも、私は悪いことをしたと思う。でも、あの時は仕方なかったの……」

そう言って、お母さんは、『アンネの日記』を手に取ってじっと眺めた。

懐かしそう……。

お母さん、十三歳の小夜子さんの顔になっている……。

遥香にはもっと聞きたいことがいっぱいあった。

お父さんって、遥香のお祖父さんだけど……その後どうしてるの？

お母さんとそのお父さんは、けっきょく和解できなかったの？

夜の学校って、定時制のこと？　どんな生活だった？

聞きたいことはどんどん出てくる。けど、もうやめよう。

疲れた……。これ以上は、遥香のキャパを超えてる。

時間をかけて、お母さんに少しずつ少しずつ聞けばいい。そう遥香が思いはじめた時、北村のお婆ちゃんが、突然ぽつりと口を開いた。

「小夜子ちゃんがまた、その本を持って部屋にこもってるなんて……。どうなってんの。困ったもんだよ……」

遥香とお母さんは顔を見合わせて、声を出さずに笑った。

『わたしの望みは、死んでからもなお生き続けること！』

遥香は部屋で「ゆず」を聴く。ヘッドホンで音楽を聴くのは久しぶり。

北村のお婆ちゃんは部屋に来ていない。今頃、リビングのソファーかな？

そして、アンネは勉強机でせっせとノートに何かを書いている。

他の住人たちは、その向こうで昼寝をしたり、ジャガイモの皮を剝いたり豆の鞘をとったり、本を読んだり……。すごく日常的でのどかな風景。

いつもながら遥香の狭い部屋で、よくこれだけの人数が生活できるものだと思う。慣れっこにはなっているが、考えると不思議だ。

それに、最近みんなの姿が前より薄くなった。セピア色っていうのかな……。

遥香はヘッドホンを取って、アンネに話しかけてみる。

話しかけないと現実感を失っちゃうような気がするから。

「アンネ、何書いてるの？」

アンネもペンを止めて、遥香を見る。

「日記を書き直しているの……」

遥香は、ああそうかと思う……。戦争が終わった後、オランダ国民の日記や手紙を出版することになったんだっけ。

「ロンドンの地下放送で聞いたの。だから、私も日記を書き直してる……」

アンネは楽しそうだ。

「こんな大変な時でも、アンネはすごいなあ」

遥香が言うと、アンネは目を輝かせながら、

「私は文章を書くことで、人の役に立ちたいと思ってるの。だから、将来は……」

知ってるよ。ジャーナリストになりたいんでしょ……。アンネが言う前に、遥香にはアンネの言葉がわかってしまう。

最近、そういうことが増えた。それどころか、アンネの日記の何ページに書いてあるか

まで覚えていることがある。

こういうのって、アンネに対して失礼なんじゃないの……って遥香は思う。

「遥香は？　なりたいもの、ある？」

アンネが聞いた。

遥香は答えに詰まる。それで、ちょっと話を変えてみる。

「ねえ、覚えてる？　……アンネは前に、私の心に何があるのって聞いたよね」

アンネがうなずく。

「中身の入ってない容れ物ってあるでしょ。空っぽの容れ物。私がそう……」

私、何を言おうとしてるの？　自分でも意外に思いながら、遥香は話すのを止めることができない。

アンネは好奇心に満ちた目でじっと遥香を見つめている。

「私の心には何もない……。自分は本当は何をしたいのか。どう考えればいいのか。私にはわからない。考えの基になる、一番大切なものが欠けてるみたいで……。それを認めるのが恐くて、ずっと人に合わせてきた。考えないようにしてきた。でも、もう無理。人に会うのが苦しくなって……」

「あなたが空っぽの容れ物だなんて、私は決して思わない。だって、遥香と話すのはこんなにも楽しいのだから。空っぽな人と話して楽しいわけがない」

アンネの言葉は、遥香の胸に静かに沁みていく……。

「それに、もしそうだとしても、中身はこれからいくらでも入れられます。遥香、あなたの時間はまだいっぱい残っています」

「ありがとう、アンネ」

気持の底に沈んでいる重たいものが、少し軽くなったような気がした。

そして遥香は、いつまでもアンネがそばにいてくれることを切実に願った。

「アンネの時間もいっぱいあるよね」

「ええ。もうすぐ戦争は終わるわ。そうしたら……」

アンネの声が急に遠くなった。

そして住人たち全員が、それぞれの姿勢のまま固まった。

まるで、静止した一枚の絵のように。

突然、遥香の視界に青白い閃光が走った。

何かが破られる激しい音！

軍服姿の親衛隊を先頭に、私服の秘密警察五、六人が銃を構えて立っている。

「動くな！」

「ユダヤ人！」

「動けば撃つ！」

口々に恐ろしい恫喝の言葉を浴びせながら、住人たちに迫る。

茫然と立ち尽くす住人たち。

思わず、遥香は一歩踏み出した。

秘密警察の前に立つ。何かに憑かれたような必死の思い……。

「アンネたちを連れて行かないで。お願い！」

遥香は叫んだ。

「邪魔する者は射殺する！」

冷たい銃口が遥香の方に向く。

「この人たちを助けて……」

遥香が秘密警察に近づく。

「お願い。この人たちを……」

「撃つぞ！」

男たちが銃の引き金を引こうとした瞬間、遥香は叫んだ。

「奇跡よ、起これ！　奇跡……」

銃声と激しい衝撃……。

真っ黒な闇が、すごい勢いで迫ってくる。

なにもかも、真っ黒に塗りつぶされていく。

「私は死ぬんだ……」

遠くなっていく意識の中で、遥香はそう感じた。

「遥香！　……遥香、しっかりして。遥香！」

揺り起こされて、遥香は目を覚ました。

「ああ、よかった……。恐い夢を見たのね。心配しちゃった……」

お母さんだ。

「お母さん、アンネが連れていかれちゃった。どうしよう……」

遥香は泣きながら訴える。

「私はなんにもできなかった。いくら呼んでも、アンネはもう帰ってこないよ……」

お母さんは、やさしく遥香の肩を抱いて、

「遥香、それは夢なの。『アンネの日記』を読んで寝たから、夢を見たのよ」

「夢……。本当に夢なの？」

周りを見回すが、何も変わったことはない。ここはいつもの私の部屋……。

そうだ。私は撃たれたんだ！

「ねえお母さん。私の体なんともない？　銃で撃たれたんだよ……」

お母さんは笑っている。一応遥香の体を見回して、

「なんでもないよ。ぜんぜん」と答えた。

まさか、あれが夢だったなんて……。途方に暮れるような気持になった。

「夢なのか……。全部」

と言って、遥香はさらにわからなくなった。

「全部って、どこからが全部なの……？」

お母さんは、遥香がまだ寝ぼけてると思っている。

「なんともないなら、さあ遥香。今日はランチパーティをやりましょう」

遥香はびっくりした。だって……。

「ランチパーティ……って、お母さん、仕事は？」

「今日はお休みをいただいたの」

お母さんはさらっと言った。

信じられない……。お母さんが仕事休むなんて。

「ホントに？　……なら、私も作ってみるかな」

遥香は、ちょっと嬉しくなった。

夢のことは後でいいや。とにかく、何も起こらなかったんだから……。

「お母さん、私、調理実習けっこう得意なんだよ」

「ほーお、そりゃ、頼もしい」

お母さんも今日は上機嫌だ。こういうの、久しぶり。

「水餃子、チャーハン、トマトサラダ、スープはかきたま汁、デザートは……」

と、遥香が好きなものを並べた時、

「雪見大福！」

って声が部屋の外から聞こえた。そして、北村のお婆ちゃんが入ってきた。

お婆ちゃんは、夢じゃなかった……。よかった！

「今日は三人でランチパーティ！」

お母さんが、盛り上げるように張りきった声で言った。

お母さんはパーティの支度で部屋を出た。お婆ちゃんも一緒。

ドアのところで振り返って、お母さんが言った。

「ああ、そうだ。いずみちゃんがね、話したいって言ってるよ。家に行っていいかって」

いずみ……。あの変な絵が浮かんだ。

真っ黒な川……こっちが押し流されそうな、でたらめだけど勢いのある黒い川。そして、それを嬉しそうに描いてた、いずみの顔……。

あの川に流されてみるのも、けっこう楽しいかも……。遥香はそんなことを考える。

「うん。いいよ」

遥香が答えると、お母さんは一瞬意外そうにしたが、その後うなずいた。


誰もいない遥香の部屋にアンネが現れる。

机を愛おしそうに撫でる。そして、椅子にそっと座る。

エプロン姿の遥香が入ってきた。

遥香はアンネに気づかない。

調理実習の本を取りに来たのだ。カバンの中をごそごそやって本を取り出すと、ふと机の方に目をやる。

アンネが遥香に微笑むが、遥香には見えない。

遥香は机に近づいて、ブックケースから『アンネの日記』を取り出す。

懐かしそうにページを繰る。

そして、小さな声で読み始める。

「外へ出るのよ。野原に出て、自然と日光の恵みを楽しむのよ……」

アンネが立ち上がって遥香の横に立つ。そして、一緒に読み始める。いたずらっ子みたいな顔をして……。

「どんな不幸な時でも常に美しいものは残ってる。勇気を出してそれを探すの。そうすれば、きっとこれまで以上に多くの美しいもの、多くの幸福が見つかるはず。そして、自分の中に幸福を見つけられる人は、きっと他の人も幸福にしないではいられない。それを忘れないで……」

遥香は心の中でアンネに語りかける。

あの時、奇跡が起こってくれてたらいいけど……。大丈夫だよね、アンネ。

きっとアンネはどこかにいる。そしてまた、遥香の話し相手になってくれる。

それまでに私も、この空っぽの容れ物に少しずつ中身を入れなきゃ……。

もう少しで、新しい年だ。

そしたら、フリースクールってところに行ってみようと思う。お母さんは、あまり賛成じゃないけどね。

このあいだ、リビングからパンフレットを持ってきた。そして、時々眺めてる。

『アンネの日記』をパンフレットの隣に置いた。

すぐそばにアンネがいることを知らないで、遥香は壁の上の方に向かってそっと言う。

「アンネ……ありがとう」

アンネはちょっと悲しそうに目を逸らした。でもすぐに、遥香の方を見て言った。

「さようなら、遥香……」

「ハルカー！　お湯が沸騰してるわよお」

お母さんの大きな声が、キッチンから響いてきた。

「はーい」と答え、遥香は料理ブックを持って急いで部屋から出て行った。


アンネの周りに住人たちが集まってきた。

遠くで教会の鐘の音が聞こえている。アンネの好きな音……。

「行かねばなりませんな」

「もうあの子には、アンネの姿は見えてない」

住人たちは静かに話す。

「あの子の心の鍵が閉じてる時、その間だけが私たちの居場所」

「その心の鍵が開いた今は……」

「去る時です」

「私たちは、隠れ家をさ迷い続ける八つの魂……」

「それにしても、もう少しでしたな」

デュッセル氏が残念そうに言う。

アンネのママが不安げに口を挟む。

「やっぱり、奇跡は起きなかったのでしょうか……」

「いいえ、奇跡は起きました。秘密警察があの子の叫びと一緒に消えた……」

オットー氏の言葉にざわめきが起こる。

「確かに銃声を聞いたのに……」

「何も起きてない……」

「消えたのは秘密警察だけ。私たちは残った……」

「不思議だ……」

「では、まだあきらめることはない？」

「そうです。奇跡はきっと起きます。アンネの日記が生き続ける限り」

オットー氏の力強い声にみんながうなずく。

「ああ、自由に街を歩いてみたい」

「好きなだけ、ショッピングがしたいわ」

「今度こそ……」

「今度こそ」

鐘の音が大きくなる。


アンネは黙って一人考える。

あの時、遥香は「消えろ」って言わなかった。そうすれば簡単だったはずなのに……。

今までの遥香は観客席にいた。そこから私たちを眺めていた。でも、あの時……。遥香は私たちと同じ舞台にいた。死の近くに……。

奇跡はむしろ遥香の方に起こってる……。アンネは思う。

そして、私が遥香と出会えたこと。それが最大の奇跡かもしれない……。

「私たちは世界中の至る所に旅をする。苦しんでる人、悲しんでる人、悩んでる人……。アンネを呼ぶ、すべての人の所に……」

オットー氏の言葉は、鐘の音にかき消されてもう聞きとれない。

青白い風が、さっと吹き抜けた。

そして、八人の姿は一瞬で消えた。

遥香の部屋には、もう何もいない。

引用と参考にさせていただいた書籍

・『アンネの日記　完全版』アンネ・フランク著　深町眞理子訳　文春文庫

その他の参考

・『悲劇の少女アンネ』シュナーベル著　偕成社
・『やねうらべやの少女アンネ＝フランク』中川美登利著　講談社火の鳥伝記文庫
・『思い出のアンネ・フランク』ミープ・ヒース著　文芸春秋

橋本　喜代次（はしもと　きよじ）

横浜国立大学教育学部卒。
元公立中学校教員。
日本児童劇作の会会員、日本児童青少年演劇協会会員。

アンネ・フランクの奇跡

2024年3月9日　初版第1刷発行

著　　者　橋本喜代次
発 行 者　中田典昭
発 行 所　東京図書出版
発行発売　株式会社 リフレ出版
〒112-0001　東京都文京区白山 5-4-1-2F
電話（03）6772-7906　FAX 0120-41-8080
印　　刷　株式会社 ブレイン

ISBN978-4-86641-725-7 C0093
Printed in Japan 2024